贫穷自卑里开出的自立之花

曹阿娣 著

中国纺织出版社有限公司

内容提要

成绩优异的赵小艾和弟弟赵胜阳出生在一个非常贫困的家庭，父母靠种田为生，如果收成不好，姐弟俩常常交不上学杂费。姐姐在家要承担繁重的家务劳动，还要挤出时间来刻苦学习，给弟弟树立了榜样。不幸突如其来，妈妈因病去世，爸爸又受重伤，家里债台高筑，以至无米下锅，姐姐不得不停学在家照顾爸爸。弟弟赵胜阳一夜长大，和姐姐一同肩负起生活的重担，刻苦学习，不断进步。可孩子稚嫩的肩膀还扛不起一个支离破碎的家，是政府、社会、学校、邻里和亲人的帮助，让姐弟俩生活有了起色，姐姐得以重返校园。他们心中涌起一股暖流，眼中燃起了希望之光。

图书在版编目（CIP）数据

贫穷自卑里开出的自立之花 / 曹阿娣著 .-- 北京：中国纺织出版社有限公司，2020.10
（心中的萤火虫：青少年心理治愈丛书）
ISBN 978-7-5180-7888-2

Ⅰ.①贫… Ⅱ.①曹… Ⅲ.①故事—作品集—中国—当代 Ⅳ.① I247.81

中国版本图书馆 CIP 数据核字（2020）第 176803 号

策划编辑：李满意　胡　明　　责任编辑：张　强
责任校对：王花妮　　　　　　　责任印制：王艳丽

中国纺织出版社有限公司出版发行
地址：北京市朝阳区百子湾东里 A407 号楼　邮政编码：100124
销售电话：010—67004422　传真：010—87155801
http://www.c-textilep.com
中国纺织出版社天猫旗舰店
官方微博 http://weibo.com/2119887771
天津千鹤文化传播有限公司印刷　各地新华书店经销
2020 年 10 月第 1 版第 1 次印刷
开本：880×1230　1/32　印张：6.75
字数：102 千字　定价：30.00 元

凡购本书，如有缺页、倒页、脱页，由本社图书营销中心调换

目录

Contents

1　我的爸爸读书太少　　/001

2　姐姐考上了一中　　/019

3　决不能辍学　　/047

4　夹竹桃惹的祸　　/064

5　你们来迟了　　/086

6　我们也要捐钱　　/110

7　屋漏偏逢连夜雨　　/124

8　滑向深渊　　/157

9　重燃希望　　/193

我的爸爸读书太少

我的家乡在美丽的湘西边远山区。我的家乡美得让人心醉,不信的话,你来我们家做客,保证你会爱上这里,不愿意回去。

这里到处是山,连绵起伏,重峦叠嶂,比电视里的画面还漂亮。漫山遍野的果树,树叶青翠。油光发亮的叶子下,成熟的脐橙争着露出金黄的脸蛋。大片的烤烟,像一朵朵巨大的绿色的花,盛开在太阳底下。

山与山之间的沟壑里,伸出灰白色的大马路,这些马路向上盘旋,可以爬上山顶。山顶上有一座座楼房,俯视着山下来旅游的人。住在这些楼房里的人可幸运啦,要什么有什么。彩电、洗衣机不在话下,还装了热水器,电脑。有的人还吹牛皮说:要不是我们这地方不需要空调,我们还要装空调，过上比城里人还舒服的日子。

我真不明白，他们怎么那样富，我们家怎么就这样穷，这让我总觉得比同学们矮一截。

你假如不懂什么叫"一贫如洗"，不懂什么叫"家徒四壁"，那你上我家来看看就明白了。我们家没有一样像样的家具，平常过日子要什么没什么。

我家没有暖水瓶，反正我和姐姐喝生水也习惯了，无所谓，口不渴不喝水，口渴了，就用瓢舀上一瓢冷水，灌下去。来了客人怎么办？我妈妈倒也会想办法，每天做饭时，就用罐子装上水，放到灶膛里。做完饭，用灶里的红柴灰把罐子埋起来。来了客人就用这样的水给客人泡茶。不过，有时难免有灰掉到罐子里去。我妈妈不以为然地说：柴灰干净，吃了还可以熄心火。

说到做饭，别人家早就不烧柴了，只烧煤。有的人家还打了沼气池，烧沼气。那种沼气灶特别漂亮，一尘不染，像镜子一样能照见人。上面有个圆钮，要煮饭炒菜，把那圆钮一拧，"嘭"的一声火就燃了。不用了，只要一拧，火就熄了。多方便，多省事，多现代化。

我们家现在还烧妈妈砍来的柴。妈妈做饭，我和姐姐两个人中得有一个坐到灶前帮她烧火。烧火可不是件轻松的事，要不停地把柴折断，塞进灶里。柴干还好一点，假如柴不干，就冒烟，熏得人眼泪鼻涕直流，妈妈还埋怨我做不得事。每到这时候，我就恨不得马上长大，赚好多好多的钱，请人打一个好大的沼气池，买一个世界上最漂亮、最省力的沼气灶送给妈妈，妈妈一定高兴，我也就不用坐在这里受烟熏了。

我家没有书桌，只有一张吃饭用的小四方桌子。晚上，我和姐姐就把这张小四方桌子收拾干净，搬进里屋，在这张桌子上做作业。可是这张唯一的桌子常常被大人占用，于是，我每天放学回家，趁着天没黑看得见，或者伏在窗台上，或者蹲在门口，用小凳子做桌子，把作业做了。

听人说，我爷爷生了七个女儿，最后才生下我爸爸这个宝贝儿子。家里九个人伺候我爸爸一个人，我奶奶从不让他干活，他长到十几岁了还没扫过地。我爷爷更溺爱他，不管我爸爸犯了什么错，都舍不得打他。我爸爸最不喜欢读书，因为他成绩不好，老师总是批评他，罚他站在讲台旁边。二年级还没读完，他死活不肯读了。我爷爷说："不读就不读，种庄稼靠力气，只要身体好，将来总有饭吃。"

后来，爷爷奶奶都去世了，姑姑都嫁人了。家里只剩下他一个人。我爸爸没上学又很懒，没人愿意嫁给他，三十岁还是单身。后来，别人介绍，把一个残疾姑娘介绍给了他，走路一瘸一瘸的。这就是我妈妈。

其实，除了腿瘸，我妈妈还是挺漂亮的，脾气特别好，从没有和人吵过架，周围的邻居都喜欢她，只有爸爸不喜欢她。每当爸爸对妈妈发脾气时，我们心里都恨爸爸。我偷偷和姐姐说："要是妈妈不嫁给爸爸，嫁个脾气好又有本事的人，我们家就不会这样穷了。"

其实，原来我们这地方因为交通不便利，好多人家都穷，是后来才富起来的。政府提出我们要决胜全面小康，扶贫要实事求是，因地制宜。下来的扶贫小组首先帮我们修通了公路，然后帮助各家各户制定了切实可行的致富方案，有的人家搭起了蔬菜大棚，种反季蔬菜；有的人家搞农家乐旅游，天天接待来山上玩的客人；有的种果树，一年四季往外卖水果……

眼看着村子里的人家一天天富裕起来了。一百多户人家，大多数都盖了楼房。没盖楼房的也盖了红砖大瓦房，家家围了院子。

我家的房子不知是什么年代建的，还是那种老掉牙的木架子篱笆墙的式样。也许是太久的缘故，木架子年纪大了，背也伸不直了，向右边倾斜，成了一个平行四边形。

爸爸怕房子倒，用一根木头把它撑住。看上去好像是一个病人拄了根拐杖，难看死了。

房子外面难看，里面难受。房子顶上盖的那些红瓦有好多已经裂开了，千疮百孔。出太阳的天，阳光从破洞里透过来，洒得满房子都是。下雨天，雨水从破洞里漏了进来，我们又搬来大盆小盆去接，到处"叮叮当当"地响，姐姐说这是"大盆小盆合奏曲"，但爸爸不喜欢我们这样开玩笑。

姐姐只比我大两岁，读小学六年级，个头和我一样高，还没我壮实，不知道的人以为我们是双胞胎，一样大。我很佩服她，她比我懂得多，比我有志气，有主意，不管遇到什么为难的事，她总是说：不要怕，会有办法的。她年年都能评上"三好学生"，回回拿到奖状。我一张奖状也没有得到过。

要评上"三好学生"可不是件容易的事，一个班几十个学生，只能评几个人。姐姐成绩好，人又朴实，大家都喜欢她。

妈妈用米汤把姐姐的奖状贴在墙上，贴满了大半个墙壁。来了客人，看见这些奖状，都夸姐姐。

爸爸却对姐姐的奖状不屑一顾，视而不见。一次，爸爸悄悄对我说:"你也得张奖状回来给我看看。这些奖状要是你的,那我就高兴了。"你看我爸爸多偏心眼,重男轻女。

村子里的楼房都是用红砖砌的。红色的砖头,再加上灰白色的缝,整整齐齐,我很喜欢。有些人家还嫌它不漂亮,又在上面贴了一层瓷砖,有白色的,有土红色的。

我家左边的丁继先家,还在二楼的墙上贴了"八仙过海"的图案,屋顶上安了对卧的两条龙。张牙舞爪、神气活现的龙中间,放了一个火红火红的大球。别人好远好远就看见这两条龙,觉得这户人家很有气派。

丁继先在我们面前夸口说:"这叫'二龙戏珠',光是买这两条龙,就花了好几千块钱。"

我不相信丁继先的话。但我又不知道这两条龙到底多少钱,违心地说:"这龙不好看,因为它是一截一截拼起来的,又不是一条整的。要是一条整的才好看。"

丁继先气鼓鼓地跑了过来,伸长脖子和我争:"你在哪儿看到过一整条的?市场上根本就没有,这么大的龙,能做成一条整的吗?要是有人做得出,我爸爸一定会去买的,再贵,我家也买得起,多种一棚菜就有了。"

丁继先最后一句话是他妈妈的口头禅,她动不动就说:

"多种一棚菜就什么都有了。"

其实，他家早几年和我们家差不多一样穷。后来，公路修通了，山上的东西能运到山下去卖。他爸爸又有文化，在扶贫小组的帮助下，盖了几个蔬菜大棚，种反季蔬菜，夏天种冬天才有的白菜、萝卜，冬天种夏天才有的辣椒、豆角、西红柿。这些菜的价钱特别好，买的人也多，他们家一下子有钱了。我们就住在他家旁边，眼看着他们家早上送一车蔬菜到城里去，下午拖一车水泥、钢筋、木材回来。眼见他们请来基建队，眼见他们盖起新楼房，眼见他们搬进新房子。

他们家的一楼除了厨房和客厅，其他房子全都做仓库，放农具、农药、化肥一些杂七杂八的东西。他家的人全睡在楼上。楼上有一个房间就丁继先一个人住，他妹妹也一个人住一个房间。不像我们家，我姐姐都十二岁了，还和我睡一张床。晚上，我站在下面望着他家窗口发愣，很想有一个自己的房间。心想：二楼那么高，蚊子一定飞不上去，夏天也一定很凉快，那该多舒服。

丁继先家虽然比我们家有钱，但他对我挺好的，从不欺负我。我们俩都读四年级，在一个班，我们一块儿上学，放了学在一块儿玩，晚上，他常让我上他家看电视，人多了没凳子坐，他自己不坐也让给我坐，他站着看。

　　他长得比我高大，他又只有一个妹妹。有时他的衣服小了不能穿，他妈就送来给我穿。本来我也很高兴。虽说旧一点，但比吊到肚子上的破衣服要好。谁知有一次，有个同学嘲笑我穿别人的旧衣，我死活不肯承认，说是我自己穿旧的。大家要丁继先出来作证。他当场说我穿的衣服是他不要的。

　　我无地自容，马上跑回家，把衣脱下来，从此，哪怕外面下雪，我光着身子也不穿别人的旧衣了。

　　为了这件事，丁继先和我作过好多次检讨，说他不是故意的，当时只想到不能撒谎，没想到会伤我的自尊心，我也就原谅了他。

　　那天我起得早，看见丁继先家又用三轮汽车装了一车菜进城去。我爸爸站在自己家矮小的屋檐下，偷偷看着他们家的人忙。

　　我悄悄问爸爸："爸爸，我们家怎么不搭几个大棚种蔬菜呀？赚了钱，我们也可以盖楼房呀。"

　　爸爸神情黯然地说："我们家哪来的本钱？"说完，他逃也似的走开了。

　　我想追上去告诉爸爸，可以去找扶贫小组帮忙贷款呀。

姐姐拉住了我,说:"你怎么这样不懂事?难道爸爸不想多赚钱?他也是没办法。就是可以贷款,因为他不懂技术,还是搞不了蔬菜大棚。"

我想不通,种菜又不是造汽车,要什么技术,我反驳姐姐说:"种菜就是把种子撒到土里,天天去浇点水,过几天施点肥。这种事我也会干。"我大言不惭地说。

"平常种菜也许像你说的那样容易,要种反季蔬菜没技术是不行的。要不,为什么爸爸不种呢?"说完姐姐叹了口气。

我想起来了,那年丁继先家做大棚的时候,请了县里的技术员来指导。他爸爸还买了好多关于种蔬菜的书。这些书我爸爸一定看不懂,他连自己的名字也写不好。想到这里,我十分沮丧,埋怨爸爸小时候为什么不好好读书。

傍晚,爸爸从地里回来了,妈妈准备做饭,姐姐要去喂猪,我老老实实坐在灶脚下帮妈妈烧火。爸爸正在修理农具。我就问:"爸爸,你小时候为什么不读书?假如你读了书,就是不搞蔬菜大棚,也可以出去打工呀!"

爸爸像没听见一样不理我。

姐姐偷偷地朝我做了个鬼脸。

我继续追问爸爸:"你是不是像我们班上的吴佑生一样,

门门功课不及格，怕老师批评，就赖在家里不肯去上学？爸爸你说呀，你干吗不读书，弄得现在连报纸都看不懂。"

妈妈帮爸爸辩护，说："哪里是不读书，是没有书读。你爷爷生了八个孩子，全家十口人要吃喝，你爷爷没钱给孩子们读书，你的姑姑们也都没钱上学。你爸爸小时候很聪明，要是有钱上学，或许他还能考上大学。"

如果真是没有钱读书，这不能怪爸爸。原来我听别人说是爸爸不喜欢读书。

这时爸爸大概想到了什么，他对姐姐说："小艾，明天别去上课了。"

姐姐听了不高兴，噘着小嘴嘟噜："干什么呀？老让我缺课，老师又会批评我。你到学校帮我请假去。"

"一个女孩家，读那么多书干什么？我大字不识几个，不也活到现在。"

"女孩家怎么啦，别人家女孩也都在读书，人家爸爸从不让自己的孩子缺课。"姐姐不想缺课。

"你还顶嘴？你干脆别上学算了。人家是人家，我们家是我们家。我们家比别人家困难。要不，你到别人家去好了。"爸爸生气了，停下手里的活，瞪着眼对姐姐说。

爸爸的话一点道理也没有。姐姐见爸爸说不让她上学了,急得哭起来,哪里还敢顶嘴。

"爸爸,你自己没条件读书,还想让我们也没有书读?"姐姐平时对我好,关键时刻,我可得帮姐姐一把,和姐姐团结起来对付不讲理的爸爸,"没见过你这样的爸爸,一点也不关心孩子的学习,还老扯后腿。"

"要不,明天还是让小艾去上学吧?有什么事,我来帮你干。"妈妈劝爸爸说。

"现在田里起虫了,要打药杀虫,家里没有一个现钱。我想把菜地里的那些豆角、辣椒摘了下来,明天早上坐隔壁的车到城里去卖,现在城里人喜欢吃没施化肥的菜,卖几个钱,买点农药回来。我不会算账,你会算?你去了又有什么用?还不如不去。"爸爸气冲冲地说。

爸爸和妈妈都不会算术。卖菜时一斤两斤还好说,搬手指头能解决问题,如果别人买几斤几两,那就麻烦了。他们就只能听凭人家给多少是多少,也不知道人家有没有少给。所以,到城里去卖菜,姐姐和我一定要去一个人帮他们算钱。

"艾艾,妈妈替不了你。明天你就辛苦一趟,就明天一天,后天还是去上课。"妈妈说。

姐姐见妈妈说让她后天去上学,这才止住了哭,提着潲桶喂猪去了。

第二天一清早，我爸爸带着姐姐进城去了，搭丁继先家送菜的三轮汽车。爸爸挑着满满的一担菜，姐姐背着秤走在后面，一脸的不情愿。

姐姐走到门口了，又回来再三交代我，要我到老师那里帮她请假，放学时去帮她抄作业。她知道我玩心大，怕我忘记了，用笔写在我的手上。这样，只要我一抬手就会看见。她低着头在我手上写字时，我真有点可怜她。因为她是女孩子，爸爸动不动就说不要她读书了，她能读书真不容易。

上学后，我没有去自己教室，直接去了六年级教室，因为早自习时各班班主任老师都守在自己的班上，我要去帮姐姐请假。姐姐的班主任张老师一听说我姐姐今天不来上课，就把我拉到教室外边，问我："你姐姐干什么去了？"

"和我爸爸一块进城卖菜去了。"我低声回答。

"你爸爸干吗要她去呢？你妈妈不能去？"张老师不满地说。

我低下头看着自己的双脚，不说话。我总不能告诉老师我的爸爸妈妈连起码的乘法都不会做。

张老师见我不作声，批评我爸爸妈妈说："你爸爸妈妈太不关心自己孩子的学习了,随便一点什么事就让孩子缺课。也不考虑孩子的前途。"

"他们也是没办法。"我低声嘀咕。本来还想为爸爸妈妈辩护几句,想了想又没有说。

"赵胜阳,你回去告诉你爸爸妈妈,就说我说的,今天算了,以后不许你姐姐再缺课了。要知道,马上就要举行小学毕业考试了。毕业考试之后,一中会另外举行考试,他们今年要招一个初中实验班,这个班在全县只招50个学生,可难考了。我们学校只分了5个参考名额,准备让你姐姐去参加考试。"

哦,原来姐姐近来晚上学得很晚,是因为要参加一中招生考试。难怪姐姐不肯缺课。我姐姐就是这样,有什么事,只放在心里,不爱挂在嘴巴上。

我回来把张老师的话告诉妈妈。妈妈说:"等下你亲口告诉爸爸吧,他老是反对你姐姐读书。说家里困难,一个女孩子读这么多书有什么用,还不如早点帮家里干活,减轻家里的困难。"

爸爸和姐姐很晚还没有回来。我和妈妈煮好了饭,喂了猪,天快黑了。

妈妈要我到公路上去接接他们。经过丁继先家时,丁继先端着饭碗站在自己家门口,我问他:"你们家的车子回来了吗?"

"上午就回来了,我爸爸妈妈又开车去我姨家了。"

看来爸爸和姐姐想搭他家的车回来没戏了。他们只能走路回来了。三十里路可不是一下子能走回来的。

丁继先见我往山下走,喊道:"赵胜阳,你到哪里去?今晚上我家大人有事不在家,没人管我,过一会儿我开电视,来看动画片啊。"

一听有动画片看,我就不想去接爸爸和姐姐了,想留在丁继先家看电视。但我犹豫了一下,还是没有去丁继先家,心里想:爸爸和姐姐现在还没回家,也许中饭都没吃,正在赶路,而我却舒舒服服去看电视,太不应该了。

我沿着去城里的公路慢慢地走,一边睁大眼睛拼命搜索前面,看公路上是不是有人走过来。等人的滋味真不好受。时间过得真慢,也不知等了多久,我发现夜幕中远处走来一高一矮两个人。虽然看不大清楚,但我一眼就认出那是爸爸和姐姐。我高兴地迎了上去,口里喊着:"姐姐,姐姐。"马上去接她手里的东西。

姐姐退一步让开,把右手上的秤交给我,左手高高举起,着急地说:"小心,小心,不要把白纸弄脏了。"

"我知道，我又不是傻瓜。"这是姐姐买来做作业本用的白纸。店子里的本子，用是好用，就是不便宜，一个本子要两块钱，还只有二十页，姐姐几天就用完一个。买一张白纸只要五毛钱，可以订个本子，有三十二页。姐姐买白纸订本子从来不忘记我，每次都是一人一半。不过，她比我用得多，到期末了，我总是把没用完的给她。

饭桌上，我把张老师的话告诉姐姐，其实是讲给爸爸听。我怕爸爸没有听进去，最后又对爸爸说："别看我姐姐是个女同学，可不比那些男同学差。上次统考，全乡十几所学校，你算算有多少学生，我姐姐得了第一名，比那些男同学强多了。"

妈妈用眼神鼓励我讲下去。

姐姐偷偷地去看爸爸的表情。

我继续说："爸爸，以后不要老叫姐姐缺课，缺课多了，就会考不上一中的实验班。"

也不知爸爸听清楚我说的话没有，反正他一言不发，吃了饭就上床睡觉去了。

这个木头人，只怕用刀搁在他的脖子上，也不开口，只会睡觉。不过，他不去睡觉又能干什么呢？家里只有一盏电灯，我们要做作业。家里没有电视看，也没有客人来串门，村子里家家户户都有电视机，都在自己家看电视，没人串门。所以，爸爸与其坐在这里让蚊子咬，还不如早点睡觉。

我想到丁继先家去看电视，姐姐知道我还没完成作业，不许我去看电视，说："和我一起做作业。"

她走了几十里路回来还要做作业，我没有理由不做作业，只好叹了口气，老老实实去准备桌子。

姐姐先把四张白纸裁成本子大小，又用妈妈的缝衣针把它们订起来，做成四个本子。她按老规矩自己留下两个，给我两个。别看这种本子不好看，没有格子不大好用，但对于我们来说，能有这样的本子写就很不错了。

我的作业做完了，姐姐的还没有做完，天又热，我还不想睡，就躺在床上和姐姐说话："姐姐，你们今天怎么去那么久？"

"我们得把菜卖完。卖完菜，我们又去了庄稼医院买农药。等我们到丁家停车的地方时，他们的车已经开走了，我们只好走回来。一路上，有好多车上山回来，爸爸不认识人家，也不肯去求人家，带着我走回来的。"

"卖菜也要花一天的时间？你们早点收摊，坐丁继先家的车子回来多好。"我说。

姐姐蹑手蹑脚走到爸爸的房门口看了看,回来伏在我耳朵上说:"要不是爸爸,我们早就回来了。"

"爸爸怎么啦?"我好奇地问。

"爸爸不会算数,又怕吃亏,耽误了好多时间。"姐姐悄悄说。

"他不会算,你会算呀。不然要你去干吗?"

"我又做不了主。我们刚到一会儿就有一个人来买豆角,他要全部买走。爸爸开价要三毛五分,那人还价一块钱三斤,爸爸不肯卖,硬要三毛四分,而且态度又不好。那人看着爸爸好笑,就走了。其实,一块钱三斤,合三毛三分多钱一斤,跟爸爸要的价三毛四分只差一点点。"

我知道爸爸就是这样固执。

"好不容易把菜卖了,我们到庄稼医院去买农药。爸爸又啰里啰唆讲不清他到底要买什么农药。那个农技员脾气好,和爸爸交流了好长时间,才弄清爸爸要买什么农药。他又耐心地告诉爸爸如何使用。这样,我们去找丁继先家车子时,他们已经走了。要不是趁爸爸买农药时我去买了白纸,白纸肯定买不成。"

我和姐姐都有同感,和爸爸沟通是件很难的事。那件事如果不是他自己想干,我们家其他三个人,没有一个人能说服他。妈妈说他就是这样的脾气,这脾气是不是与他没读书有关?我也弄不明白。

2 姐姐考上了一中

上学的路上,姐姐交代我说:"胜阳,不要到处张扬我要参加一中实验班招生考试的事。"

"这有什么不可以说的?"我不解地问她。

"毕业考试还没有举行,我怕毕业考试考得不好,老师不让我去。"姐姐担心地说。

"你平时成绩好,毕业考试不是问题。"我鼓励她说。

"谁也说不定,要考完了才能算。假如我们现在到外面说要参加一中招生考试,毕业考试考得不好,老师不要我去,那才羞死人呢。再说,就是考上了,我们家也没条件让我去一中读书,我只是想知道自己到底考得上不。"

姐姐就是想得多,我懒得操这份心,不说就不说,我加快脚步去赶前面的同学。姐姐在后面喊:"胜阳,不要忘记了。"

我头也不回,不耐烦地仰起头对天说:"记得,记得。"

我这人心里装不下一点东西,不能有一点事,有事就想告诉别人。遇到高兴的事,我愿意别人分享我的欢乐,大家都高兴,似乎欢乐就会成倍地增加。碰到气人的事,我也想说给别人听,好像烦恼会减轻一点,如果别人还能说上两句没油没盐的安慰话,那我就会忘记这些不愉快。

老师要姐姐考一中实验班,这本来是件再美不过的事。要是平常,我老早就讲给丁继先他们这些好朋友听了。但姐姐不让我讲,我也答应了姐姐,不能不讲信用,只好忍着。憋在心里实在不舒服,像不消化的东西在肚子里作怪。

憋了两天,第三天我到底还是把它给讲出来了。其实这事也不能怪我,我是为了气张旭,脱口说出来的。

张旭住在我家的右边,我和张旭的关系没有和丁继先的好,因为这人一点也不谦虚。他们家就他这么一个儿子,家里又有钱,一家人宠他疼他。平时,他老摆出一副了不起的样子,今天给这个糖吃,明天借给那个一个玩具,时不时在同学面前显摆他爸爸给他买的新文具。

我听我妈妈说,其实他们家的钱也不是张旭他爸爸挣的,是他叔叔挣的。他叔叔参军,在部队待了四年,部队培养"两用人才",他叔叔学会了开车,拿了驾驶证。回来后,贷款买了台车子,和他爸爸两个人跑运输,把山上的农副产品往山下运,把家用电器往山上拖,家里一下子就发了。你说这钱是不是他叔叔挣的?他神气什么呀。

我最不喜欢张旭的地方是他老爱指使别人帮他做事。他要我帮他做作业。假如我不听他的,他就说不让我上他们家看电视。

说起他们家那台电视机,那可让好多人眼红。讲老实话,我不羡慕他吃得好穿得好,不羡慕他住楼房,更瞧不上他的那些玩具,只羡慕他们家有一台大彩电。有一次,我帮他写了一页小字,他让我那天晚上到他家看了动画片。

张旭家的彩电真大。丁继先家的四十二英寸,张旭家的可能有八十英寸,差不多是丁继先家的两倍大,像学校里的小黑板,非常薄,能挂在墙上。而且,张旭家的电视叫什么智能电视,它有搜索功能、记忆功能。你想看什么它就能放什么,放昨天错过了的电视节目也行。当然要大人操作,张旭也不会操作。

以前,张旭家没大彩电时,丁继先要我上他们家去看电视,我还挺高兴的。现在,我坐在丁继先家看电视会想起张旭家的大彩电,说小的没有大的过瘾。气得丁继先骂我这山望着那山高，还说我如果干地下工作，一定会成叛徒。

早自习老师不在，张旭从书包里拿出一辆红色的小汽车，说是他爸爸从省城买回来的。这辆小汽车确实比他以前那些小汽车先进。他原来的小汽车是用手上发条开动的，要把发条紧几下，它才开得远。汽车上的车门、窗户都是画上去的，装样子的。这辆汽车不同，车上的零件都是真的。这还没什么，奇特的是它会拐弯。只要把它放到地上，它就会"咔嚓咔嚓"向前走，碰到什么东西挡住走不动了，它居然会马上退回去，转换一个方向又走。

教室里的地是泥巴地，高低不平，小汽车跑不快。张旭就让同学们把课桌拼起来，让汽车在课桌上跑。我们围在桌子旁边看。

张旭不让人碰他的小汽车，只能他自己碰。汽车向哪边走，他就跑到哪边，汽车快掉下来了，他就用手去挡。嘿，真有趣，只要一挡，小汽车就拐弯，真是好玩极了。

有一次，小汽车走到我这边来了，我就抢先用手去挡，它也拐弯了，我兴奋得跳了起来，直搓手。张旭不高兴了，他推搡了我一下，眼睛一闭，头一昂，口气十分不友好地说："谁叫你碰我的小汽车？"

"碰又碰不坏。"毕竟是人家的汽车,我自觉理亏。

可是他得理不饶人,横蛮地说:"碰不坏也不许你碰,你有本事自己去买一个呀,你碰自己的去好了。"那神气不可一世。

"不就是一辆小汽车么,有什么了不起。"我气不过了,拿话去戗他。

"就是了不起,你了不起你买去呀,你买得起吗?"张旭还真的没完没了。

我很生气,我家是没有他家有钱,在吃的穿的玩的方面,我确实比不过他。我在心里找我们家有他们家没有的东西,想说出来寒碜寒碜他。想了半天也想不出什么来,我家有什么呀,他家的什么都比我们家的好。突然,我想到我姐姐成绩好,老师要她考一中实验班。就气张旭说:"一个新玩具算什么,我姐姐可是要考一中实验班。"

同学们的注意力全集中在小汽车上,没有人认真听我说话,也许是听到了没进脑子。这时老师来了,同学们一哄而散,一边搬课桌一边读书。一时间教室里书声琅琅,同学们一个个读得摇头晃脑。

只有丁继先听清了我的讲话,拍拍我的肩膀说:"是真的吗?你姐真的要考一中实验班吗?"

张旭坐在我的后面,我一天都没理他,连头也不向后转。他太欺负人了。上数学课,他一道题没听清,问我,我也不告诉他。

放了学,张旭要同学们上他家玩小汽车,也叫了我,说他们家铺了地板砖,小汽车可以满屋子跑。本来我的气还没有消不想去,可经不住丁继先他们拉,再说,那小汽车实在好玩,我也就去了。

我虽然去了,心里还是不高兴。同学们跟在小汽车后面跑啊,笑啊,我默默地站在一边不作声,我想,假如我以后有了好玩的东西,一定要让大家一起玩,不能去伤别人的心。

也许张旭知道自己错了,也许是姐姐要考一中实验班让他佩服,他主动对我说:"赵胜阳,我借支枪给你玩好吗?"说着,他从床底下拖出一个塑料盆。盆里放的全是张旭平日玩的玩具,什么枪啦、激光手电啦、弹弓啦,光枪就有好几支,有长的、短的、金属的、塑料的。张旭让我自己选一支。

开始我不肯要。张旭说:"拿吧,拿吧,跟我还客气什么。"我这才选了一支最大的冲锋枪,因为它像真的一样,有一根带子系着,可以挎在脖子上,非常神气。

我们正玩得高兴，姐姐站在外面喊我回家吃饭，说再不去吃饭下午会迟到。

路上，姐姐看到我的枪说："借别人的东西玩，也不嫌寒碜。"我没理她。

回到家里，妈妈看见我脖子上的枪，唠叨说："不要借别人的东西玩，弄坏了赔不起。"我把枪从脖子上取下来，放在凳子上。

爸爸看见了凳子上的枪，沉着脸说："去还给人家，少给我惹是非。"我忙把枪放到里屋的床上去了，不让他们看见。

我在心里反抗：真是麻烦，名堂多。自己家没钱给我买玩具，我借别人的玩都不同意。那我玩什么呢？

下午放学时，我因为昨天晚上没有完成家庭作业，被老师留下来补作业。一块儿被留下来的还有郑琨。

值日生要扫地，我们只好搬到操场上的水泥乒乓球台子上去做。我恨不得三下两下补完，再把今天的作业做完。因为，这几天丁继先爸爸妈妈晚上有事不在家，丁继先天天开了电视，我做完了作业，姐姐就许可我晚上到丁继先家去看电视。

我偶尔抬头看见郑琨坐在乒乓球台子上，他不动手，看着我做。

"你的做完了？"我以为他已经做完了，低着头不在意地问。

"没有。"他懒懒地回答。

"那你干吗还不快点做？"我奇怪他这样沉得住气，以为他是和老师赌气，故意不执行老师的命令，就劝他说，"作业没做，反正不对，老师叫补就老老实实补吧，还有什么好说的。"

"我没有作业本。"他轻轻地说。

"什么？"我停了下来问他，"你没有作业本？"

他望也不望我，悬在空中的两只脚前后摆动，脸上明显挂着不好意思。

我想起来了，郑琨家比我们家还困难。早几年他爸爸得了癌症去世了，家里只有妈妈，一个很小的妹妹，还有一个老是生病的奶奶。他们家承包的田，这几年老是遭水淹，没有收成。这个学期开学，他因为没钱交学杂费不肯来上学。后来，学校免了他的学杂费，他才没有辍学。

我想了想，把手伸进书包，打算把另一个还没有写过的白纸本子给他。反正这个学期快过完了，我有一个就够写了。但我的手伸进去没有拿出来，不是我舍不得，是怕姐姐骂我，姐姐的本子肯定不够写，我给了郑琨，姐姐怎么办？我抬起头，看到郑琨脸上一脸的无可奈何，我就什么也不想，马上把本子从书包里拿了出来，放到郑琨面前。

郑琨一下就明白了我的意思，低声地说："谢谢你，赵胜阳，你真好。"说完，他跳了下来，和我并排一起伏在乒乓球台子上做作业。

要是平常，我做完作业就会马上回家，刚才郑琨夸我好，我觉得应该等等他，和他一块儿回去。虽然，我和他并不住在一块儿，也不往一个方向走。我呀，就是爱听表扬。

我们的期终考试考完了，姐姐的毕业考试也考完了。我们几个人说，从考试结束到真正放假这中间的几天会没有人管我们，因为这几天老师要看卷子，要给我们写操行评语，不上课。而家里大人以为我们还在学校上课，我们可以痛痛快快玩几天。我交代姐姐，不许她回去告诉大人。张旭甚至答应我们，让我们几个人坐他叔叔的汽车进城，到城里去逛一天，还到一中去看看。一想起这事，我们高兴得连走路都哼歌："让我们荡起双桨……"

可是事情并不像我们想象的那样美好。因为田里的稻子熟了，弯下了腰，要请人去收割了。我家那个开口说话就是圣旨的爸爸一清早向我和姐姐下达了命令:"你们两个人去把镰刀找出来,磨一磨,吃了早饭去割禾。你们两个人割,我和你妈妈打禾。"

我顿时掉到冰窟窿里,从头凉到脚。一肚子高兴劲化为乌有。我坐在那儿真不想动,后来害怕爸爸发脾气,才磨磨蹭蹭去找镰刀。

一向听话的乖姐姐也坐在那儿不动。我想起来了,离到县里参加一中实验班的招生考试只剩一个星期了。老师让姐姐这几天到学校去,有老师专门辅导他们几个人。现在,爸爸要姐姐去割禾,她就不能到学校去,她当然着急。要是老师要我去参加一中招生考试,也许爸爸会同意我到学校去复习。因为我是男孩。

爸爸见姐姐不动身,走过来开口就骂:"还不去找镰刀,愣在这里干什么?"

妈妈见爸爸动了气,怕忙拦在前面说:"镰刀在床底下,用不着找,先吃饭,吃了饭她会去割禾的。"

爸爸到地里去试打稻机去了。

妈妈喊我去烧火,她一边做饭一边唠叨:"也怪不得你爸爸,这几年天气不知怎么搞的,夏天雨水这么多,晴天少。不趁这几天天气好把早稻收回来,把晚稻插下去的话,那今年就只能收一季稻子了，要减少一半收成。真要是那样可不得了，我们吃饭都会成问题。所以要赶快收禾。别人家有钱，忙不过来时可以请人，我们家没钱，只好自己上阵……"

我们山区的水田面积都不大，收割机开不进去，只能请人手工收割。

"妈妈，你不知道，"姐姐打断了妈妈的唠叨，委屈地说，"过几天我就要到县里去参加考试，学校派老师这几天辅导我们，你看怎么办？"

"什么怎么办？吃饭是天大的事，没饭吃怎么上学？学校就不用去了，你爸爸不会让你去的。趁早老老实实去割禾，不然，又会惹你爸爸生气。昨天晚上你爸爸还跟我说，中饭都要带到田里去吃，抢时间早点把稻子收回来，怕下雨晒不干。"

吃了早饭，我们全家去收禾。爸爸扛着打稻机，妈妈挑着箩筐，我和姐姐抬着打稻机的滚筒和零件。到了田里，我和姐姐并排割禾，姐姐自己割六蔸，只让我割四蔸。

姐姐闷着头割得飞快，一会儿工夫就甩下我，割到前面去了。不过，她割到前面去了就停下来站在那儿发愣，等到我赶上她了，她才又往前割。

爸爸不时地喊一声"快点割,快点割",催着我们往前赶。

我和姐姐割倒了一大片,回头一看,爸爸妈妈赶不上我们,就停下来休息。

我朝四周看了看,山坡上到处是人,家家户户都在抢收早稻。有的人家还租来了收割机,机器的速度比人快多了。有的人家人多,干起来也快。一阵阵的欢声笑语,再加上机器的轰鸣声,还真挺热闹的。

我指着那边的一群人说:"还是人家有钱好,你看张旭家租的收割机干活多快,我们俩割一天,收割机不一会儿就干完了,这样的话,他们家十几亩田的稻子,只要一天就可以收完。唉。"

姐姐没有接我的话,愣在那里,她一定是又想起自己不能去学校参加辅导的事。

下午,张老师找到田里来了。她一定是上午在学校没有看见姐姐,这才找到我们家田里来了。

张老师郑重地对爸爸说:"这次我们乡选了赵小艾到县里参加一中的招生考试,我们对她很有信心,她成绩好,而且稳定。希望家长能支持她。"

爸爸脸上没有一点表情,也不看老师,把脸对着另一

姐姐考上了一中

边,一只脚踩在打稻机上,一副不耐烦的神情。

还是妈妈讲点情面,她对张老师说:"孩子学习好,是老师教得好,我们得谢谢老师。既然学校要小艾去参加什么考试,就让她去吧,只是要收完这季稻子才行。"

姐姐开头听妈妈说让她去,脸上露出了笑容。后来妈妈接着说还要过几天,她又急起来,一屁股坐到地下,用手上的镰刀使劲去砍禾蔸子。

"那可不行,离考试只有几天时间了。我们早就把名字报上去了。这几天她得到学校来,我们几个老师研究出了一些模拟试题,专门给他们做。她今天下午无论如何要到学校去。"张老师急了,不自觉地提高了嗓门。

爸爸这下开口了,说:"我家人手少,这稻子不收回来会烂在田里。我们还靠这稻子吃饭,这可是大事。什么考试,能参加就参加,不能参加就算了。"爸爸真是不讲一点道理。我们这里有句俗话:秀才碰了兵,有理讲不清。大概就是讲张老师碰到了我爸爸。

姐姐一听这话,哭了起来。张老师走过去,拍拍姐姐的肩膀,轻声说:"不要着急,有我们。"

张老师看了看我爸爸和姐姐,对我爸爸说:"你留下赵小艾不就是要她在家里割禾吗?我今天下午喊几个人来帮你把禾割了。你让她走吧。"说完，张老师没和爸爸妈妈告别，头也不回地走了。

爸爸不好对老师发气，气鼓鼓地对我们吼道："看什么，快点割！"

下午，张老师没来，我以为她不过是说说而已。

第二天我们刚吃了早饭，张老师已经带了十几个同学在我们家田里帮我们割禾。

我真高兴！这下好了，姐姐可以去参加考试了。姐姐一定也很高兴，但她不敢笑出来，低着头偷偷乐，不时用眼睛去瞟爸爸，观察爸爸的脸色。

张老师和来的同学一上午把我们家的禾割了三分之二。到了吃午饭的时候，张老师带着学生要走。妈妈留他们在我们家吃饭。

张老师不肯在我家吃饭，只说："下午，你们村的这几个同学还来，把剩下的割完。我就不来了，赵小艾下午也到学校去。"

妈妈这次没有征得爸爸的同意，自作主张同意了。张老师走后，我打趣妈妈："你留他们吃饭，你买了什么菜，买肉没有？"

妈妈说："我也知道他们不会在家吃饭，不过，客气还是要讲的。按理应该请他们吃饭。"妈妈深深叹了口气，把要说的话咽下去了，因为爸爸瞪着眼望着她。

姐姐到学校复习去了。爸爸和妈妈打禾。我一个人在地坪里晒谷。有时，爸爸挑谷回来，也帮我翻翻谷。

姐姐过意不去，早上天还没亮就爬起来，帮我把谷摊开，傍晚又帮我把它们堆起来，盖上塑料布，怕晚上下雨。

干了一天的活，我累得浑身没劲，吃了晚饭，我和爸爸妈妈都睡了，姐姐没有睡，打来一桶水，把双脚浸在水桶里，做老师布置的作业。

天热，我光着上身睡在床上都直淌汗，从床的这边滚到床的那边。

家里只有一台电风扇，本来爸爸在用，妈妈拿过来放在姐姐的旁边。虽然有风，但蚊子多。因为我们山上树多，一到晚上，蚊子就出来骚扰我们，嗡嗡地叫个不停。

妈妈见蚊子实在太多，找出一件冬天穿的长袖衣给姐姐穿上，可以防蚊子咬。但穿这样的衣服肯定热。我透过蚊帐看姐姐，汗水顺着她的脸颊往下流，她好像一点也不觉得，一脸的沉思，一脸的幸福。我真被她感动得一塌糊涂。

我想：姐姐真了不起，真正能吃苦。她将来一定成为一个大科学家。我不行，我没有她这样的毅力，光是这热天气，这蚊子咬，我就受不了。我认为自己是普通人，姐姐是超常的人。

因为妈妈腿脚不方便，所以爸妈踩了几天打稻机，还只打了一多半，而且打下来的谷也还晒在地坪里，没有进仓。这时担心的事发生了，天突然下雨，而且不肯停下来。

第三天早上，天还没亮爸爸就起来了，一边用锄头把谷堆周围的沟再挖深一点，好让雨水从谷堆上的塑料布上流下来不会形成积水，一边骂骂咧咧发牢骚："这鬼天气，怎么下个不停？常言说'夏无三日雨'，今天是第三天了，怎么还下……"

妈妈接着说："也不知田里那些已经割下来的禾把子怎么样了？已经割下来了，让雨一淋，只怕会发芽。早知道会下雨，就不应该把它们割下来。"

"只怪那背时的张老师，她硬要帮我们割了，又有什么办法？人家的谷都收回来了，只有我们家的还摊在田里。"爸爸的气更大了，鼻子出气都粗了起来。

正要起床做饭的姐姐，听他们这么一说，吓得马上缩了进来，竖起耳朵听爸爸还说什么。

前一天晚上，姐姐告诉我说，张老师今天要带她到县里去，明天参加一中的考试，后天回来。

她要我把书包借给她。她的书包破了。

我的书包也很旧，还是我读一年级时爸爸给我买的，四年了。

一会儿，爸爸在外面喊："你们快起来，天气晴了。小艾今天不要到学校去，在家里煮饭，帮胜阳晒谷。我和你妈早上就到田里去干活，做一会儿事再回来吃早饭。胜阳，你马上把晒谷坪里的水弄干。"

望着爸爸的背影，姐姐急得像热锅上的蚂蚁，她今天无论如何不能在家做事，张老师已经找好了车，约好了8点钟到学校集合，几个同学一块儿到一中去参加考试。她站在那儿犹豫不决，即想一走了之，又怕爸爸打人。

我见此情景，想帮姐姐的忙，为姐姐说话。但一想，这个犟爸爸会听我的吗？我把姐姐叫到一边，偷偷对她说："时间来不及了，你不要和爸爸讲，马上就走，饭我来煮。"

"你会煮饭吗？"姐姐不相信我。

"不就是煮饭吗，又没有七大盆八大碗的菜要炒。我平常坐在灶脚下烧火看你们做，看也看会了。"我蛮有把握地吹，我知道我不这么说，姐姐会不放心的。假如她坐在考场上还在担心我不会煮饭，能考好吗？

"那好,我把米淘好,放好水。"姐姐一边说,一边把空心菜洗干净,把辣椒切好放在灶上。

临走,姐姐突然想起忘了问爸爸要伙食费。她想了想说:"算了,他不会给的,讨骂挨。胜阳,我真的走了,张老师讲好在公路上等我的,再不去,她会着急的。"

姐姐要走了,我从灶脚下爬了起来看她,这是去一中参加考试的优秀学生吗?一身灰不溜秋的衣服,头也没梳,刚才去抱柴,身上还沾着一些草屑。这样子也不太好看了。我们这儿的人进趟城不容易,别人进城都要打扮打扮,而姐姐进城连洗个脸的时间都没有。我走了过去,摘下姐姐身上的几根草屑,要姐姐洗了个脸再走。

这是我第一次做饭。饭倒容易煮,姐姐已经把米淘好,水也放好了,我只坐在灶脚下烧火就是了。锅里水开了,再往灶里塞一把柴,就不必理它了,灶里的余火会把饭焖熟的。炒菜麻烦,灶上要炒菜,灶下要烧火,两头忙。灶台高,我够不着,只好搬个小凳子垫在下面,站在凳子上炒。这样又不大好使劲。结果,我顾了灶里的火,又来不及翻动锅里的菜,辣椒炒糊了,空心菜放了两次盐,咸得开不得口。

当我手忙脚乱把饭菜端上桌,爸爸妈妈回来了。他们端起碗埋头就吃，没发现菜糊了，也没有挑剔菜做咸了，我这才松了口气。好在我爸爸不爱讲话，要不，他一开口准会说一些我不爱听的。

我一边吃饭，一边想：他们怎么不问姐姐到哪儿去了？看来，其实爸爸是知道姐姐要去参加考试。这个"坏爸爸"。现在，姐姐没得到他的允许，还不是走了。这事给了我启示：以后，只要事情的道理在我们这一边，爸爸同意更好，不同意也没有必要一定要爸爸同意。

姐姐从县里回来的那天晚上，她班上的一些同学来问她考试的事。

丁继先、王皓、张旭他们也来了。

要是别人到一中参加了考试，一定会在人前不断炫耀，让人羡慕。但从姐姐的口里讲出来，一点也不精彩。姐姐说那天一到他们就和张老师一块儿去报名，伙食费是张老师帮她交的。第二天就去参加考试，考完了就和老师同学一块儿回来了。

我们听得特没劲，没有味。进一趟城，连一中里面是什么样子也没去看一下。要是我，一定向老师要求，哪怕只去看一眼，回来也有能吹的，因为大家都没有去过一中。

因为姐姐谈不出什么新鲜事，张旭他们说："还是看电视去吧。"大家很失望，都走了。

姐姐回来后，就天天和我一块儿晒谷。

张旭、丁继先他们家的禾早收了，谷也晒干了，进了仓，晚稻也插下去了。他们天天在外边疯玩。

我很恼火。我们家的谷还在晒，左边黄灿灿的是大雨前收的，爸爸说这边的谷做口粮。右边的是大雨后收的，禾把子被雨淋坏了，虽然没有发芽，但谷壳有点黑，爸爸说晒干后做猪饲料，让我们晒的时候不要混到一起去了。

每当妈妈说起我们家的谷被雨淋坏了的时候，姐姐的表情就不自然，低下头做事，或者走开，好像这全是她的错。我要是姐姐就不这样想，全割下来了本身是好事，被雨淋坏了是因为爸爸妈妈速度太慢，突然下雨。不过，大人总喜欢把错误往小孩身上推。

晚稻一定要在立秋前插下去，我家因为下雨耽误了几天，人手又少，立秋两天后我们才开始插。丁继先、王皓家的田已经插了，就来帮我。妈妈扯秧，爸爸担秧，我们四个人插。我和丁继先、王皓插得快，而且打打闹闹，你追我赶，十分快乐。爸爸布满阴云的脸上，也难得地现出了一片晴空，让人看着不难受。

我们正争着往前插，想把别人甩在后面，没看见张老师又来了。她在我们后面喊:"你们家怎么还在插田?"

爸爸一见她来了,担起秧架子就走,既不回答她的话,也不理她。

张老师也不计较。

我们爬上岸围住张老师。张老师高兴地对姐姐说:"赵小艾,我们早说过了,你能行的。一中的录取通知书来了,我们乡只有你考上了。"说着把手里的通知书递给姐姐。

姐姐想在衣上擦干净手再去接通知书,我一把抢了过来,和丁继先、王皓先看。通知书上凸出来的"录取通知书"几个红色大字特别显眼,下面盖了一中的大红印章。我们几个人传来传去,非常小心,生怕掉到水里弄湿了,弄脏了,这可是姐姐的宝贝。

张老师又拿出一个信封,说:"这里面是一百块钱奖金,是学校奖给你的,你收好。"

姐姐恭敬地双手接过钱。妈妈在那边看见老师来了,也赶了过来。姐姐把钱递给妈妈。

妈妈说:"你自己收好吧,留着做学杂费。"

姐姐不敢留下,眼睛望着远处的爸爸的背影,把钱往妈妈面前送。

妈妈说:"你收好吧。要是交给你爸爸,手一撒就花光了。下个学期你到一中去上学，那儿的老师我们一个都不认识，到时候没有学杂费，帮忙的人都没有。现在只当学校没奖励你，不告诉你爸爸。"

姐姐这才敢把钱收起来。可又没地方放，她那件破衣连个口袋都没有。我帮姐姐把钱和录取通知书包在一起，自告奋勇帮她送回去。

张老师又说，她昨天到县里去拿通知书，一中的老师要她问一问我姐姐，是准备读寄宿，还是住到亲戚家去，这么远走读是不行的。

我姐姐说：这个问题她还没和家里说，不知道爸爸会怎样安排。读寄宿肯定不可能，伙食费谁交？家里没有这笔钱。

下午，姐姐班上的几个女同学听说她考上了一中，来看录取通知书。一看我们家的晚稻还没插完，就跳下田来帮忙。这么多人插了一个下午，到傍晚的时候，把剩下的一点全插完了。

田里的活忙完了，爸爸妈妈又开始忙地里的活。给棉花松土、整枝、杀虫。这些活，我和姐姐全干不了。去松土吧，我们没有锄头高；去打懒枝吧，爸爸又怕我们把会结棉桃的主枝给打下来了。那些农药，妈妈说什么也不让我们沾，她不放心，怕我们中毒。

姐姐小学毕业了，老师没给他们布置暑假作业。她又还没到一中报到，也没有初中的作业。要是我有这样好的机会，就痛痛快快玩一个暑假，那多好。可是姐姐把小学的书全找出来，从头到尾看了一遍。实在没东西看了，她就看字典。我想起都没味，她却说："不看不知道，以为自己读了六年书，认识不少字了。看了字典才知道，中国的字那么多，我认识的只有一点点，也许我这一辈子也学不完。"她还越看越来劲了，有时看到很晚。

天气又闷又热，晚上还有蚊子咬人。在农村，过了"双抢"老停电。没有电，电视机就成了摆设，它不出影子，我们只能望着它干着急。晚上，我们几个人只好把凉床搬出来，一边乘凉一边天南海北摆龙门阵。

自从姐姐拿到了一中的录取通知书，晚上常有同学来我们家玩，看她的录取通知书。

每到这时候，妈妈总是很高兴，进进出出，找一些瓜果招待姐姐的同学。

爸爸看见了，骂妈妈瞎起哄，说有什么可高兴的，女儿将来要嫁出去的，是人家的人。

妈妈反驳说："你这个人真是死脑筋，自己的女儿就是走到天边也是自己的女儿。"

我非常同意妈妈给爸爸下的结论，什么年代了，爸爸还重男轻女。也不知姐姐看出这一点没有。不过，我都看出来了，聪明的姐姐怎么会没看出来。她一定也感觉到了，只是深深地埋在心里，独自一个人伤心，不说出来罢了。

我们闲聊时，丁继先的话最多。

"小艾姐姐，你真了不起，真聪明。我们的脑袋里装的一定是石头，又硬又重。你的脑袋里装的一定是计算机，反应特快。不然，你怎么能考上一中，还考了全县第一。"丁继先佩服得五体投地。

"不是全县第一，是全乡第一。"姐姐认真纠正他。

"不管是全县还是全乡，反正了不起。要是我，连小组第一都拿不到。"丁继先说。

"那倒也是，考了小组第一，还要考全班第一，考全校第一，然后才是全乡第一。我的妈呀，我想想都害怕，这得过多少关，斩多少将？"张旭夸张地说。

"小艾姐姐，你长大了当科学家吗？"丁继先问。

姐姐半天没有作声，见大家在等她回答，这才说："我长大了也许不当科学家，因为科学家没有钱。我长大了想当女老板，挣好多好多的钱。"

姐姐考上了一中

姐姐的回答出乎我的意料，我不喜欢姐姐这副"贪财"的样子，我呵斥她道："你要那么多钱干什么？"

"等我有了钱，第一件事就是要还清我欠老师的学杂费。我读了六年书，十二个学期，没有一个学期是交清了学杂费的。不是这个老师帮我出，就是那个老师帮我出。有时没人出，拖到了期末，干脆就没交。我们的老师也不是很有钱，我亲眼看见张老师为钱和她爱人吵架，而她刚刚垫钱替我交了学杂费。你们家里有钱，不知道欠别人钱的滋味。当你欠了别人钱的时候，这个人站在你面前，你头都不敢抬，更不敢看人家。"姐姐语气沉重地说。

"那也不要那么多的钱呀。"丁继先说，"你也只欠了六年的学杂费。"他还是想说服我姐姐，让她当科学家，不要浪费了人才。在我们的眼里，世界上最有本领的人是科学家，姐姐是当科学家的苗子，当老板可惜了。

"不，我要当老板，要挣好多钱有其他用。我要盖一所很大很大的女子学校，专门收女学生，不用她们交学杂费、交伙食费，也不用她们干活，只让她们在里面安心学习，等她们长大了，学了很多知识了，就让她们出来工作。"这是姐姐的梦想，可能藏在心里好久了。

"你的学校能办这么大吗？你知道全中国有多少女孩

子？你的想法也许做不到。"张旭听说只收女学生，不收他们男的，非常不满，第一个跳出来反对。

姐姐一下就被他击败了，哑口无言。她根本就没有想这么多，没法回答。

"那你长大了干什么？"丁继先问张旭。

"我长大了跟我叔叔学开车，也跑运输。我不像他们一样，老在家门口转，我要到很远很远的地方去帮人家运东西。今天去北京，明天去深圳，后天去云南。我一边运货一边玩，走到哪，玩到哪。把全中国跑遍。"张旭的想法肯定不是刚想出来的，我认为挺有意思。

"这倒是个好主意。"丁继先赞赏地说，"我就去给你当助手，少给点工钱也不要紧，只要好玩。"

他们走后，我睡在凉床上想：姐姐今天的回答真出人意料，干吗要当女老板，我不喜欢有个财迷姐姐。那我自己长大了干什么呢？想了好久，也没定下来，后来就睡着了，妈妈是怎么把我弄到床上去的我也不知道。肯定费了好大劲。

那天，城里来了两个老师，是一个私立中学的。他们是为姐姐来的，让我去把爸爸妈妈找回来，和大人商量录取姐姐到他们私立学校去读书的事。

听说城里来了老师，一下来了好多人看热闹，把我们家门口围得水泄不通。

两个老师兴致勃勃而来，扫兴而归。任凭这两个老师把私立学校夸上了天，爸爸也没让姐姐到私立学校去读书。虽然来的老师答应姐姐的学杂费全免，但爸爸拿不出伙食费，家里的活也没人干。不过爸爸话不是这么说的，他堂而皇之地说："国家办的学校一样能出人才，何必去读私立学校。孩子还小，生活上不能照顾自己，反而让老师操心，我们过意不去，我们也不放心。"

其中一个老师说："她到一中去读，也只能寄宿。"

爸爸说："谁说她要去一中读书，我们乡里就有中学，离家不远，可以早出晚归。"

丁继先一听我爸爸说不让姐姐去一中读书，就偷偷问姐姐："不去一中读书了？"

姐姐早就有心理准备，她说无所谓，不去也不觉得遗憾，在城里她一个人也不认识，让她去还有点害怕。其实她这是找理由安慰自己。

丁继先说："要是我，我就在家里闹，一定要去，考上了不让去，那才叫冤。"

我没有说话，不过，我认为我那死脑筋爸爸说的这句话还是有道理:"乡下的学校也一样能出人才。"条件好不一定就成绩好,条件不好,只要自己努力,也能获得好成绩。

其实我很自私,我不希望姐姐去城里读书,她走了,我在家里还有什么味,犯了错误谁替我扛?

3 决不能辍学

暑假过完了,姐姐收到了乡中学的录取通知书。姐姐现在是中学生了。我也升了一级,是五年级学生了。

开学了,我到学校去报到,问爸爸要学杂费。爸爸回答得很干脆:"没有。"一点商量的余地都没有。开学两天后,大部分同学都拿到了新书。

没有交费没有拿到书的人只有我和郑琨。

同学们好多日子没见面,刚见面很亲热。特别是一些女同学,以前也不怎么和我讲话,现在都缠着我问姐姐考上了一中又不去读的事。我有点不耐烦,她们就气我:"跟你姐姐住在一块儿,甚至同睡一张床,也没有沾一点你姐姐的聪明劲。她考得上一中,你却差点没及格,期末数学考试只得了68分,真是人比人,气死人。"

我才不生气呢，世界上比我强的人多的是，我气得过来吗？也还有比我差的呀，我们班上就有几个人期末考试不及格。我比上不足，比下有余。我真正在意的是她们讥笑我这么大了还和姐姐睡一张床。我有什么办法呢？我只好装聋作哑，装作没有听见的样子。

"喂，赵胜阳，说真的，你天天和你姐姐在一块儿，你给我们说说你姐姐是怎样学习的？她一定很刻苦吧？她有什么学习窍门？"她们见我不生气，又变着法儿跟我说好的。

也许是我粗心，我真的不觉得姐姐特别刻苦。她天天来上学，我也天天来上学，她做作业，我也做作业，也不见她另外有什么不同的表现。只不过，她做作业的时间比我长一点，那是因为她的作业比我的多呀。

我这么一说，她们全不相信，让我回家好好观察观察，再来告诉她们。

回到家里，姐姐拿出新书给我看，她领到了新书。我问姐姐哪来的学杂费，姐姐说她交了那一百块钱，老师就发书给她了。

一百块钱不够呀，中学学杂费要两百多块，老师怎会发书给她呢？难道奖金就可以一块钱当两块钱使？我想到了，一定是姐姐成绩好，考上了一中，老师喜欢她，就偷偷发书给她了。唉，谁叫我的成绩没有姐姐的好，不招老师喜欢。

晚上，我和姐姐睡在床上，我把我们班女同学的话讲给她听。问她学习到底有没有窍门。

"其实，想起来，学习真没有什么窍门，不过也要会用巧功。我做到了两点，不知其他同学做到没有。"姐姐思索着说。

"哪两点，讲给我听听，我好向她们交差。"我忙追问。

"一是上课时，老师讲的每一句话我都专心听。我认为老师上课没有废话。老师讲完了新课，复习时，指出其他同学的错误，我也认真听。下次我就不会犯同样的错误。我们班有些同学只听老师上新课，老师讲完新课搞复习，他们就干自己的去了，做小动作，看小人书。"

姐姐说得一点也没错，我就是这样的。只要老师讲完了例题，我认为懂了，就懒得听，有时还嫌老师啰唆，恨不得老师快点下课。这方面我没有姐姐做得好。

"二是我胆小，老担心自己做错了，反复去验算。是加法，我就用减法去验算，是减法我就用加法去验算。是除法我就用乘法验算。求整体的题，就反过来求部分，求部分的题，又反过来求整体。我总要用各种方法来证明我的答案是正确的。这样，时间长了，触类旁通，我对学数学一点也不感到困难。学得轻松，学得有味。那天，张老师把初中的方程题给我做，我用小学的算术方法把它做出来了。"姐姐这些话从没对我说过。

这一点我肯定做不到。平常，我们做作业只图完成任务，三下五除二，做完万事大吉。谁还去验算它，对不对是老师的事了，我也不太关心。做完了这么多的作业不出去玩，还在屋子里去验算，我想也没有想过。难怪姐姐成绩好，她下了这么多功夫。我也想让别人佩服我，说我聪明，但一想起天天做作业要那样认真，不能三天打鱼两天晒网，要持之以恒，我就没有了信心。我知道自己，没有毅力，干什么事都是三分钟热度。

姐姐读中学比读小学累多了，不单上课累，家务事更累。以前读书，学校离家只有半里路，她做了早饭，喂了猪，吃了饭，再去上学也不会迟到。现在读中学，学校离家有几里路，姐姐没有自行车，要靠脚走，走得快也要30分钟。中学规定学生早上七点钟到校，姐姐六点多钟就要动身走。走之前还要做好一家人的饭，喂猪吃潲。所以她得天不亮就起来。常常我刚起床，她就已经煮好了饭，喂了猪，正急急忙忙吃饭，准备上学去。

我替她觉得累，可爸爸不但不心疼她，反而说："早上不能那么早就喂猪，猪没睡足，吃不好，吃得也少，你看猪槽里还剩多少潲。猪吃不好，它就不会长肉。"爸爸的意思是姐姐要迟点喂猪，迟点去上学。

我听了心里不是滋味，嚷嚷说："在爸爸的眼里，我们读书还没有猪长肉重要。"

妈妈解释说爸爸不是这个意思，只是这头猪对我们家来说太重要了，不喂好它，就没钱过年。

妈妈为了让姐姐上学不迟到，又不提前给猪喂潲，说："从明天起，猪由我来喂，小艾你煮了饭就去上学。"

姐姐感激地看了看妈妈。我心里想"世上只有妈妈好"这话一点也没讲错。还是妈妈心疼我们。

刚开学没几天，家人捎信来，说外婆病得很厉害，想见见妈妈，让妈妈马上回一趟娘家，口气好像是外婆就要过世了，让妈妈去见最后一面。为了不耽误我们的学习，妈妈当天没有去，第二天才去，那天是星期六，说好了星期天回来。

结果，到星期天晚上，妈妈还没有回来。姐姐着急了，担心明天早上猪喂早了爸爸骂人。

我要姐姐把猪潲和好，放到猪圈里，等我起来再帮她喂。姐姐高兴地说："你真是我的好弟弟。"

开学几天了，郑琨一直没有来上学。听说他家那几亩田又因为雨下得太多，颗粒无收。饭都没有吃，拿什么交学杂费？他妈妈不让他读了，他自己也不大想读，他的成绩太差了，次次考试最后一名，他觉得对不起老师，挺没面子的。这当然不能怪他，他是家里唯一的男子汉，家里有一丁点儿事就让他请假去做，旷课的时间比上学的时间多。

我还是天天去上学，只不过没有交学杂费，没拿到书。

开学好多天了，郑琨又来上学了。他告诉我老师去了他们家好几趟。最后，老师说学校已经开会研究，免了他的学杂费，不让他交一分钱，所以他来上学了。他今天一来，老师就把书发给了他。

现在，全班只有我一个人没有领书了。老师跟我说："你回去问问你的家长，学杂费什么时候交，定个日子，老师帮你打张欠条，先把书领来，没书你不好上课，也不好做作业。"

我很恼火，爸爸真是没本事，连儿子的学杂费也交不起。早上，我一气之下和爸爸吵了起来。我不但不肯做事，也不肯吃饭，并威胁他说："你不给我学杂费，我就不去上学了。"

这威胁对爸爸不起一点作用,他才不怕我不上学。他吃了饭,背起锄头,瞧也不瞧我就走了。

我气得大哭起来,说:"你没有钱给我交学杂费,但你要给我一个时间呀,我到学校好跟老师说。你不理我,算什么本事。你不给学杂费,我真的不上学了。"

于是,下午我就赖在家里,没有去上学。

平常倒也不觉得待在家里没味,现在才知道白天村子里静悄悄的,一点也不好玩。大人都干活去了,学生们上学去了,连四五岁的孩子也上幼儿园去了。只有干不动活的老人待在家里不出来。我连个玩的人都找不到,不知该做什么。我坐在门前的大树下,想起了妈妈。妈妈去了几天了,也该回来了。妈妈这时如果在跟前的话,我会扑在她怀里大哭一场的。

快到做中午饭的时候了,我想帮姐姐把饭烧好。我刚站起来,突然看见妈妈回来了,正在大路上走。她的旁边还有一个穿着白衬衣的男子。我高兴得大呼大叫起来"舅舅来了,舅舅来了",一面飞跑过去,扑在舅舅怀里。我一松开手,发现舅舅的衬衣袖子上被我抓了几个手印。

妈妈说:"你看你看,弄脏了舅舅的衣服。"

舅舅说:"不要紧,等下洗就是了,他是喜欢我嘛。"还是舅舅理解人。

是的,我太喜欢舅舅了。他是我们家的骄傲,是我在大伙面前吹牛皮的资本。舅舅可不是一般的大学生,他上的是医科大学,妈妈说这个学校在南京,姐姐说是在重庆,不管在哪里,反正是在大城市。他已经毕业好多年了,在北京的医院工作。北京,多棒的地方。我一辈子只要去一次就心满意足了,舅舅却能天天生活在那里,天天看见天安门,天天看见升国旗,他多幸福,多牛。

舅舅问我怎么这么早就放学了。我不想告诉他我逃学,但也不想撒谎,正不知该怎么说,幸好这时妈妈问他,他和妈妈讲话去了。

舅舅是第一次到我家来,妈妈做饭时,我就带着他到处走走。显然,他对我家的处境不满意,脸上刚来时的笑容慢慢地消失了。他在屋里待不住了,也许他对我家的脏乱状况实在看不下去了。

只有正房墙上姐姐的那些奖状吸引了他。他仔细地看了又看,数了又数,这才又露出了笑容,说:"小艾真不错,是个好学生。胜阳,你的奖状呢?找出来给我看看。"羞得我马上跑了。

这时爸爸从地里回来了，姐姐也放学了，家里一下子热闹起来了。

爸爸看见舅舅，高兴是高兴，却没有话说，只问了一声"你来了？妈妈她老人家的病好了一些吧"，就再也说不出什么了。

舅舅好像不太喜欢我爸爸，爸爸不和他讲话，他也不和爸爸讲。他和妈妈却有讲不完的话，对妈妈也非常亲热。

从他们的谈话中，我才知道妈妈的腿是为找舅舅摔断的。

舅舅说："那次姐姐为找我从山崖上摔下来，差点没死。大难不死，必有后福。姐姐一定会过上好日子的。"

"我只要不愁吃不愁穿，就心满意足了。"

"慢慢来，日子会好起来的，你看我们国家发展多快，人民的生活水平一天比一天高。"舅舅宽妈妈的心。

"面包会有的，牛奶会有的。"我们顽皮地学着电影里面的人物说。

姐姐和我一样，特别喜欢舅舅。我们俩总是黏着舅舅，他到哪儿，我们跟到哪儿。老是打断大人的谈话，找一些我们想不通的问题问舅舅。

姐姐问舅舅："舅舅，北京这么远，外婆病了你怎么知道的？我们住这么近，我妈妈早两天才知道。你怎么一下就回来了？"

舅舅说："现在通信条件好了，交通也发达了，要回来一天就到家了。"

我俩不相信，望着他不作声，他拍着我的头补充说："那天你外婆得病了，说是很危险，家里人以为她会死，你小姨打了个电话给我，我接到电话马上请假，订了飞机票。从北京到省城，飞机只飞了一个多小时，从省城到县城也只坐了两个多小时的汽车，这不，早上出发，晚上就到家了。"

"这么容易呀，我原来以为到北京要坐好多好多天的车，因为从我家到县城要走一个上午。北京这样远，真的只一天就回来了？"我既惊讶又有点不相信地说。

"你真傻，"姐姐说，"舅舅从北京来是坐飞机，你到县城去是走路，这怎么能比？"

舅舅从北京回来比我去一次县城还容易。我长这么大了，还只去过三次县城。现在如果家里有事，要我一个人去县城，我还是不敢去，我怕迷路，找不到回来的路。

吃了午饭，姐姐要上学去了。舅舅问我怎么还不去上学。我吞吞吐吐告诉他，爸爸不给我学杂费，我没法领新书,所以不肯去上学。

爸爸听到舅舅在问我上学的事,马上下地去了。妈妈在一旁也挺尴尬的。

舅舅听了,毫不犹豫地从钱包里掏出两百块钱给我,说:"先去把学杂费交了,上学去。"

妈妈说:"那不行,你的钱已经都给妈治病了,只留下了路费,你把路费给了胜阳,你怎么回北京?"

舅舅说:"我省城有同学,到省城再去借吧,不要紧的。"

真是喜从天降,我拿了这两百块钱就跑。我还从来没拿过一百块钱一张的票子去交过学杂费,妈妈只怕也很少经手这样大的钱。妈妈跟在后面喊:"还要找钱回来,你还没拿书包。"

我本想回过头来拿书包,但又怕妈妈把我到手的学杂费给抢回去。我宁可不要书包也不回来。

放学回来时,舅舅正在丁继先家看他们的蔬菜大棚,他见我们回来了,从蔬菜大棚里钻了出来,脸上挂着笑容,嘴里还在不停地称赞:"搞得好,确实搞得好。"

回到家里,舅舅给了我和姐姐一人一个双肩书包。我的是蓝颜色的,姐姐的是红色的,上面有花。这可乐坏了姐姐,她的那个书包千补万纳还小了,中学课本多,装不下。这真是雪中送炭。

姐姐接过书包忙说:"谢谢舅舅,谢谢舅舅!"一边用手去摸书包上的花。

傍晚,姐姐打来一桶水,把我们床上的凉席抹得干干净净,蚊帐上有两个洞,一时来不及补,姐姐就用线把它们扎起来,生怕蚊子进来咬了舅舅。

吃了晚饭,姐姐马上进屋去做作业,我没有讲半句价钱,也跟着她进去做作业。因为,我得在舅舅面前表现好一点,让他知道我也爱学习,也是个好学生,不比姐姐差。

晚上,舅舅检查了姐姐的作业,表扬姐姐说:"小艾的数学学得不错,逻辑思维能力很强,一下就能抓住主要矛盾,找出解题的钥匙,是棵好苗子。"

我这几天没有课本,没有做作业。今天,我的家庭作业做得比任何一天都认真。可惜舅舅只看了一下,没有表扬我。我不怪舅舅,墙上的奖状没有一张是我的,作业又是今天才开始做,他凭什么表扬我呀?

舅舅今晚和我睡,姐姐去丁继先家和他的妹妹搭铺。我做完作业马上爬到床上去,姐姐做完作业也不去睡,缠着舅舅说话,问一些我们自己也觉得蠢的问题。

"舅舅,飞机飞那么高,坐在上面头晕吗?"

"不会的,只有起飞和降落时有一点不适,我年轻,感觉不到。"

"天上冷吗?"

"不冷,机舱里有空调。"

"舅舅,北京有多大?"

"我怎么跟你们说呢,北京很大很大,大到从北京城的东边到西边去,要坐一两个小时的汽车。"

后来,我们的问题像连珠炮,一个接一个。

"天安门容易找吗?什么人都可以去看吗?"

"你去爬过长城吗?长城是用砖砌的还是石头砌的?"

"北京的学生和我们学的是一样的课本吗?"

……

很晚了,舅舅实在累了,趴在那儿睡着了。姐姐这才吐了吐舌头去睡觉。

第二天早上,我很早就起来帮姐姐做饭,想在舅舅面前表现一下。我的任务当然是烧火。

舅舅起来了,他没有注意到我们起得这么早,只想到我们早上没有学习,他问妈妈:"你们家怎么不烧煤呢?"

"煤要钱买,而柴不要钱买,只要花工夫去砍,去捡。"妈妈说。

"姐,"舅舅对妈妈说,"你算过没有,你一个月能烧多少煤?三百斤够了吧。一百斤煤十几块钱,一个月烧的煤只要几十块钱就可以买回来。你要是烧柴,一个月要花多少时间去砍柴?假如用那些时间去做别的事,只要一两天就挣回来了。并且,早上应该是小艾和胜阳读书的时间,可你却让他烧火,这样造成的损失是无法用钱来衡量的。"

是呀,妈妈砍一天的柴,最多烧几天。一个月要花十来天时间去砍柴。砍回来还要晒。做饭时,要一个人专门坐在灶脚下烧火。因为烧柴,家里到处是灰,脏得很。这样简单的账,爸爸妈妈怎么不会算?舅舅一来就发现问题,到底是读了大学的人,还是读了书的人会想事。

吃饭时,舅舅说:"今天我到卫生院去买点打虫的药回来给胜阳吃,你们看他肚子这样大,晚上睡觉又磨牙,肯定肚子里有蛔虫,他吃的一点东西全喂了蛔虫。胜阳以后要爱干净,吃饭前要洗手,要勤剪指甲,指甲里面最容易藏污纳垢。"

妈妈说:"我身上不知怎么搞的,老是起疙瘩,痒得不行,你也给我看看,买点药给我治治。"

舅舅看了看妈妈身上的疙瘩,说:"这是皮肤过敏,不要紧,也不算什么大毛病,吃点抗过敏的药就会好。"

中午我们放学回来，舅舅正在打煤灶。他说，他刚才去卫生院时，从商店门口经过，看见里面有打煤灶用的炉桥、炉内膛管卖，就顺便买了。反正在这儿也没有事，就帮我们打煤灶。煤灶打在柴灶的旁边。舅舅交代妈妈，以后要烧煤，不要烧柴，不要浪费孩子们的宝贵时间。

丁继先他们见舅舅打煤灶，都好奇地跑过来看，说北京人也会打煤灶？

舅舅对他们说："我也是本地人，是东乡大山上的人，后来到北京去的。你们好好学习，将来也到北京工作，那时我不就多了几个小老乡。"

丁继先他们听了，嘻嘻哈哈地乐了。

妈妈吃了舅舅买回的药，中午就不痒了。妈妈直夸舅舅，说只吃了小小的那么一片，就见效。

第二天，舅舅就要走了。晚上，他和妈妈坐在我们房里的床边上，姐弟俩促膝而谈。开始，他们声音很小，我听不见。后来，他们的声音渐渐大了，我就伏在桌上装作做作业，竖起耳朵听。

"你们这儿也不是穷山恶水、不毛之地，国家的政策一视同仁，怎么别人家都能奔小康，你们家就这样穷呢？这主要是人的问题。当初什么人不好嫁，怎么嫁个这样的人。"这是舅舅的声音,看来,他对我爸爸十分不满。

"不嫁给他嫁给谁呢?你姐姐一条腿是残疾,他不嫌弃就算好的了。你的意思我明白,但是,我们家穷也不能全怪你姐夫。他也努过力的。去年,他也想搞点其他名堂多挣几个钱。想来想去,认为自己没文化,别的干不来,如果搞个鸭棚,养一群鸭子也是好的。主意打定后,就到别人家赊了三百只小鸭。辛辛苦苦养到眼看就要生蛋卖钱了,突然,屙白屎,一夜之间死了大半,第二天救都救不赢,全死了。现在还欠人家的鸭崽钱。这不怪别人,只怪自己的命不好,命里该穷。"妈妈为爸爸辩护。

妈妈没说假话,去年我们家是养过鸭子,后来全死了也是真的,那只怪爸爸不相信科学,别人家的鸡鸭全打了疫苗,我们家的没打,爸爸舍不得钱,说欠的账太多了,说当时还没发现谁家的鸡鸭死了,能省就省几个吧。结果,鸭子一发病,治都来不及治。

"什么命不命的,不是这么回事,是你们不懂养鸭的技术。我这两天在周围转悠,琢磨你们家这么穷的原因。你看你家周围有点技术的人家都脱贫了。有的搞温室大棚、种蔬菜,有的跑运输,有的开商店,有的搞农家乐土菜馆,有的出外打工挣钱。他们明显过得比你们好,已经不愁衣食，不受饥寒。可是，你们还是不明白这一点，老是埋怨自己的命不好。你们家的希望就在孩子们身上。而你们总是说不让小艾上学，这样做会害了他们。他们现在年纪小，不懂事，将来会恨你们的。"

姐姐的作业做完了，舅舅就到我们桌子旁边坐了下来。舅舅语重心长地对我们说："小艾，胜阳，我跟你们讲，今后，不管家里多困难，条件多么不好，一定要坚持上学，决不能辍学。要努力学习，只有掌握了文化知识，才能改变自己的命运。"舅舅为了加重语气，让我们记住，用手指在桌子上重重地敲了几下。

4 夹竹桃惹的祸

舅舅走了,回北京去了。他走到门口了还回头对我和姐姐说:"克服困难,好好学习。"他走了好远,这声音还在我耳边响。

我想:学习上倒也没有什么太大的困难,我现在没有姐姐那样用功,成绩在班上也算中等,我要真的像姐姐那样发愤,成绩还可以上去一点,不过要像姐姐那样得全乡的一名,可没有把握,那不是件容易的事。

真正有困难的是交学杂费,这次舅舅给我交了,不然,又不知道要什么时候才交得上。要是舅舅年年回来就好了,那我的学杂费就不操心了,我就一点困难也没有了。想这里,我吓了一跳,我是不是太自私了。

舅舅走后,他打的那个煤灶摆在那儿,成了聋子的耳朵——摆设。爸爸根本就听不进舅舅的话,没有去算时间和钱的账。从爸爸的神态上也可以看出,他瞧不起舅舅:"读了几天书,俨然像个人,这也不是,那也不对,摆尽了架子,让你到农村来干几天试试看,你就知道滋味了。"

我吃了舅舅买来的打虫药,过了一天屙出好多粉红色的蛔虫。我想起来就害怕,这么多虫子在我的肚子里,要不是舅舅让我吃药打下来,说不定哪天把我的肚子咬穿,钻出来,多可怕啊。

一天放学,姐姐回来告诉我,校长找她谈话,说学校了解了我们家的具体情况,决定免去她的学杂费,把她开学时交的一百块钱也退给了她。

原来中学也可以免费,老师们早就心中有数。

我问姐姐只免了她一个人的,还是也免了其他人的。姐姐说搞不清楚。我希望多免一些人的,那样,我将来读中学也可以免费。如果只免了姐姐一个人的,那就是因为她成绩好,奖励她的。如果只给成绩好的免费,那我读中学时也一定像姐姐一样拼命学习,成为优秀的学生。

姐姐说这一百块钱不交给爸爸,我们自己存起来,留给我下个学期做学杂费。她说,她这三年不用交学杂费的了,只差我的。家里这样困难,我们要自己操心。她用一个铁盒子把钱装了起来，塞到墙洞里。

这几天，姐姐天天晚上学到很晚，我睡一觉醒来，她还在学习。姐姐说，学校给她免了学杂费，假如她成绩不好，对不起学校和老师。

妈妈也醒了，关心地说："睡吧，小艾，太晚了，身体吃不消的。明天还要上学。"

爸爸也醒了，他声色俱厉地说："电费要交钱的，人家不会白让你用电。"

姐姐这才吓得去睡了。

讲良心话，姐姐比我辛苦多了。早上，她要煮饭，扫地，干家务。她没时间读英语，就一边做家务一边背单词。她把英语书摆在窗台上，实在不记得时，就去看一眼。有时，爸爸叫她，她因为背单词没有听见，为此还挨过爸爸的骂。

中午，姐姐学校的老师还布置了作业，大部分同学在学校吃午饭，有时间完成。不在学校吃午饭的，也住在学校周围，吃饭花不了多少时间。我家离中学不算近，本来姐姐也应该到学校吃午饭。但爸爸不肯给餐费，姐姐只好来回跑。和姐姐玩得好的女同学愿意借自行车给姐姐，可是，她又不会骑。回来还要帮妈妈做饭，真是急死人。所以，中午的作业没时间完成，只能抓住课间那一点点时间，姐姐别想喘口气。有时，傍晚放学了，姐姐赶作业回来迟了，爸爸又给她脸色看。

这一切姐姐都默默地忍受着。她只要有书读就心满意足了。

我也知道姐姐苦，这不单单是因为家里穷，还因为爸爸重男轻女，老认为养女儿是白费力，长大了要嫁人，对姐姐特别苛刻。我常想，妈妈要是先生我就好了，我是哥哥，我比她大，就可以出去打工挣钱了，我就不怕爸爸，好多事情我可以帮她，保护她，让她安心读书。

我问姐姐，你们老师怎么布置这么多作业，晚上做到这么晚？

姐姐说："教数学的任老师说我的基础好，要我自学初二的知识。她找了好多参考资料和辅导书给我看，还有一些是辅导题，让我找时间做做。"

我真佩服姐姐的毅力，我做事没有姐姐那样有恒心。早几天我还想要像姐姐一样努力，过几天我就坚持不下去，想和丁继先他们去玩。

妈妈不知怎么搞的，身上又痒了起来，身上的疙瘩比任何一次都大，我只要望一眼那些疙瘩，心里就不舒服。

我想起舅舅那天给妈妈吃的药好像叫"气死人",就自告奋勇帮妈妈去买。

卫生院的陈医生说那药不叫"气死人",叫"息斯敏",这药很贵,小小的一片要一块钱。妈妈给我的钱只能买一片。我不知要不要买,就回来问妈妈。妈妈说:"算了,那么贵,搞点土方吃算了,不花那冤枉钱。"

不知她从什么地方听来的,说夹竹桃的叶子熬水喝能治身上痒的病。妈妈要我到王皓家院子里摘些夹竹桃叶子来。

这时候夹竹桃正开花,每一根树枝的顶端都开了一束夹竹桃花,红红的,非常好看。我想,花这样漂亮,味道一定不错。我跟妈妈说,我好像身上也痒,等下熬了给一碗给我吃。

妈妈把夹竹桃的叶子放在一个瓦罐子里去熬。熬了一会儿,水刚开,它就发出一种说不出的气味,难闻极了。我说:"这怎么吃呀?"

妈妈说:"要治病,难闻也要吃呀。"

我怕妈妈真以为我身上痒,硬要我喝它,就捂着鼻子跑出去和丁继先他们捉迷藏去了。

我们两个人正在得意,丁继先的妈妈找来了,说:"我就知道你们是躲在这里。还不快回去,你妈妈晕倒了,不知得的什么病。"

看见丁继先的妈妈那样慌里慌张,我还好笑,认为她的胆子也太小了,我妈妈能有什么事,刚才还好好的,就是真有病也不会太厉害。

但事情不像我估计的那样,老远就看见大门口围了好多人,等我扒开人钻进去一看,妈妈躺在地上,口吐白沫,不省人事。这下我也慌了,跺着脚大哭:"妈妈,妈妈!"

"哭什么哭,还嫌不乱呀!"爸爸的一声吼,让我明白过来。哭没有用,得赶快想办法救妈妈。我扯住爸爸的手,哀求说:"爸爸,赶快去请医生呀。"我生怕爸爸舍不得花钱,不肯请医生。

爸爸甩开我的手,不作声,旁边的人告诉我说:"不要着急,已经请医生去了。"正在这时,陈医生来了。

乡卫生院的陈医生也是个忙人。他一到就蹲了下来,用手扳开妈妈的眼皮,用小手电照了照,又给妈妈号了一会儿脉问:"什么时候发病的?"

"我刚才出去玩的时候还好好的。"我抢着回答。

"她今天吃了什么?"陈医生又问。

"她只吃了饭菜。我们也吃了饭菜,但我们没有事。"

姐姐说。

"那她今天吃什么药没有？"陈医生继续询问。

哦，我记起来了，妈妈一定吃了夹竹桃叶子熬的水。我跑进去看，果然罐子空了，里面的水让妈妈喝了。我告诉陈医生，妈妈为了治身上痒，喝了夹竹桃叶子熬的水。

"真是乱弹琴，你们这些人的胆子真大，什么都敢往嘴里塞。夹竹桃的叶子是能吃的？它有麻痹人神经的作用，弄不好要死人的。情况危急，赶快送县医院，灌肠洗肠输液。"

张旭他妈妈说："我们家的车子今天正好在家维修，可能已经修好了，让张旭他叔叔送你们去医院。这样快些。"

陈医生说："要带钱去，县医院没钱拿不到药，不像我们乡下医院，他们可不赊账给别人。"

我回头看了爸爸一眼，爸爸像害牙痛病一样，脸上抽搐了一下，然后从屋里的箱子最底层拿出一个小布包来。

姐姐怕钱少了，从墙洞里取出小铁盒子，把准备给我下学期交学杂费的一百块钱交给了爸爸。

爸爸不但不领情，反而狠狠地瞪了姐姐一眼。他的意思我明白，他一定在心里骂：这个小丫头，居然存私房钱。这真冤枉姐姐了。姐姐什么也没有说，救妈妈要紧。

夹竹桃惹的祸

　　张旭的叔叔开车来了，大人们七手八脚把妈妈抬上车，爸爸和姐姐也爬了上去，我也要上去，爸爸说："你就不要去了，在家看屋。"

　　我不依，哭着还是要爬上去，丁继先和张旭在后面推，帮我爬上去。

　　大人们说："你就不要去了，你去又做不得事，还要别人管你，添麻烦。"

　　唉，我哪里会给人添麻烦，我是担心妈妈呀。我同去了，妈妈到底是怎么了就会马上知道，不会在家里干着急。我看了看周围，没有一个大人支持我，我只好极不情愿地从车上爬下来。

　　张旭的妈妈交代他叔叔："慢点开，这里面装的是人，不是货。"

　　我站在家门口，望着远去的车子，看着散去的人们，突然害怕起来。假如妈妈死了怎么办？这样一想，我的眼泪就流出来了，索性放声大哭起来。也不知哭了多久，觉得心里好受了一些，才停了下来。一看，丁继先、张旭他们几个人都守在我身边，一副不知拿我怎么办的样子。

　　傍晚，张旭的叔叔和姐姐回来了，姐姐告诉我，医生说幸好去得及时，再迟一点就危险了。真是得谢谢张旭他们一家人。

我问妈妈怎么样了，姐姐说："已经住进医院了，医生说住几天，看看情况，好一点就可以出院。"

妈妈不会死，我心里的一块石头落了地。我真不敢想象没有妈妈的日子怎么过。谢天谢地，好在妈妈没事。

两天后，爸爸和妈妈一块儿回来了。本来就不胖的妈妈，看上去更瘦了。他们是走路回来的，虽说只有三十来里路，但对腿脚不方便的妈妈来说，却不是件容易的事。她走不快，爸爸一个人走在前面，走一阵，又停下来等妈妈，一脸的不耐烦。看见快到家了，爸爸干脆一个人先回来了，让妈妈一个人在后面赶。

回来的当天晚上，爸爸就对妈妈发脾气："这下好了，卖粮的几个钱全花光了。这些钱，我原本要还鸭子钱的，还没来得及去还人家。这下账还不成了。"

不大说话的姐姐为了帮妈妈说："如果我们参加了农村合作医疗保险，就可以报销大部分，不会让我们自己承担全部医药费。"

前两年，是爸爸不肯参加农村医疗保险，因为，参加的人每年要交几十块钱的保险费。爸爸认为自己家四个人都没有病，一年要交一两百块钱，划不来。

爸爸只好跑到另一间房子里去，嘴里还在不停地骂："身上痒，忍一忍不就过去了，吃什么药，又不是千金小姐，那么娇贵，一点点毛病就要吃药。好啦，这下好啦，钱花光了，你也就痛快了。早知道这样，不该送你去医院，让你死了算了……"

爸爸在房间里一个人骂，妈妈一声不吭，可怜兮兮的。

爸爸也未免太狠了，不就花了几个钱吗，干吗咒妈妈死。假如爸爸不给妈妈治病，妈妈死了，那我会和爸爸拼命的。爸爸的咒骂，把妈妈平安回来的那一点点欢乐全冲散了。我赶快闭上眼睛睡觉。爸爸什么时候停止咒骂的我也不知道。

妈妈病好回来后，家里比过去更没有生气了。爸爸的脸色比以前更阴沉，话更少，一天到晚几乎听不到他的声音。他似乎连骂人都懒得费神了。妈妈病了这一次，一下衰老了好多，身体单薄得好像连风都吹得起。人也没有以前那样精神，显得呆头呆脑的，像秧田里吓小鸟的稻草人。

姐姐在家里干什么都小心翼翼，不时偷偷地去瞧瞧爸爸的脸色，生怕自己哪件事没有做好，惹爸爸生气。姐姐要我尽量躲着爸爸，说他越是不骂人，说明他心里的火气越大，总有一天要爆发的，那可就不得了。

放了寒假不久就过年了。

人们田里地里的活全干完了，外出打工的人也陆陆续续回来了。村子里开始热闹起来。人们忙着买东买西，杀猪宰羊，准备过年。我们不时听到猪的号叫声。

我家的猪也长大了，是妈妈和姐姐一年来一瓢淅一瓢淅喂大的，也有我的功劳。我天天盼望家里杀年猪。一般人家杀年猪，都是把肉卖掉一部分，自己家里留一部分。我和姐姐盘算，我家的猪有一百多斤，大概可以杀百把斤肉。卖掉几十斤，还会留下几十斤。家里有几十斤肉，过年那几天，我们就可以天天吃肉。我好长时间没有吃肉了，我现在连肉是什么味都快不记得了。过年，我一定要把肉吃个够。

过小年的头天晚上，爸爸跟妈妈商量说："我们今年不杀年猪了。把猪卖了，卖点现钱还账。"

妈妈没作声。

我灰心极了，别指望过年能吃点肉了。

"你们平时在小卖店赊了一些盐、火柴、洗衣粉什么的，人家催了好几次了，年关了，也应该还钱给人家了。这笔钱倒不多。最要紧的是何家的鸭子钱，欠了快两年了。何家人还算好，今年无论如何要还上一点。还了这两家的账，看还能不能称点鱼肉过年。"

妈妈说："你安排吧。家里还有四只鸡，留下一只过年吃，卖掉三只，也能卖点钱。我平时还晒了一些干菜，城里人很喜欢吃的。"妈妈见爸爸没说什么，又试探着说，"如果能够的话，就少买一点鱼肉，给他们姐弟二人一人买件新衣服吧。人家孩子过年都穿新衣服，别让他们受委屈。胜阳的那件棉衣穿了三四年了，已经短了，连肚脐眼都遮不住，也不暖和。"

这次爸爸没有驳回妈妈的要求，大概要过年了，他也想让家里人高兴高兴。

姐姐说："我不要新衣，你们把钱留给弟弟交学杂费吧。"

第二天过小年，刚吃过早饭，何叔叔带着三四个人来了。我知道他们是来讨账的。

爸爸忙起身招呼他们。

开始时，何叔叔还轻言细语地和爸爸讲，后来，何叔叔生气了，对和他一块儿来的几个人说："去把他家的猪弄走算了。这头猪还没有两百斤，卖也只卖得五六百块钱。你去年买了我三百只鸭子，一只算两块五，也欠我七百五十块钱，算我倒霉，剩下的不要算了，也不用你再另外出钱了。我们两清吧。"

爸爸的脸一下涨得通红，他又不得不低三下四地跟何叔叔说："你就再通融一下，我今年还一部分，过了年，我再想办法全部还清。"

谁知何叔叔反过来跟爸爸讲好话："老赵，不是我这人不讲情面，我也是没办法。我欠了人家的饲料钱，人家逼着要。你这账一拖两年，你不还我，我拿什么还人家。没办法，这次对不起了，以后有什么事我再帮你的忙吧。"说完，他对那几个正在捆猪的人一使眼色，那些人就把猪抬走了，称都没有称。

在猪的号叫声中，爸爸颓废地坐在门槛上，把头栽进裤裆里。

我站在那儿有点可怜爸爸，我想告诉他，过年我不吃肉没关系。这时，姐姐悄悄拉着我溜了，姐姐怕爸爸拿我们撒气。

我跟姐姐说我讨厌何叔叔，是他害得我们过年没肉吃。姐姐说也不能怪人家，欠了人家的钱是应该还的，只怪我们自己。

腊月二十六了，村里好多人家挂起了红灯笼，贴了红对联，丁继先、张旭他们换上了新衣，又买来鞭炮放。

我们家一点过年的气氛也没有，冷冰冰的。爸爸天天背着锄头到地里去干活,只回来吃饭,对如何过年没有一点打算。

晚上,妈妈对爸爸说:"明天,你是不是把几只鸡和干菜拿到城里去卖了,称点鱼肉回来。"

爸爸没作声,只叹了口气。看来他是一点办法也没有了,只好听妈妈的。

早上,我还没起来,就听见妈妈在对姐姐说:"不要把鸡放了,把它们捉到里屋去,抓几把米喂喂它们。四只鸡一块儿喂,全卖了算了。"

我们家喂鸡从来不喂食,嫌费粮食,让它们到外面捉虫子,寻野食。我想:今天,妈妈要姐姐喂点米是因为要卖它们了,给它们加加餐。

妈妈又说:"多喂一点,这样会重一些,可以多卖几个钱的。"

我刚才想错了,不是给鸡加餐,是为了让它增加重量。这不是骗人吗?怎么能干这样的事呢?要是让我去卖我就不喂米。

可是爸爸偏偏对我说:"今天你跟我一块儿到城里去。"

听说要我一块儿进城去卖鸡,要是平时我一准高兴,但今天我不仅高兴不起来而且担心,担心姐姐把鸡喂得太饱了，鸡食袋子胀鼓鼓的，城里人一摸，就知道这是喂了米，会说我们狡猾。我趁爸爸和妈妈去装干菜的时候，赶紧把四只鸡捉起来捆好，不让它们吃得太饱了，不让食袋子胀得太大。

妈妈用秤把几只鸡都称了一下，那两只小一点的都是三斤二两，那只最大的四斤，还有一只三斤半。妈妈又再三交代我不要搞错了。

等我和爸爸来到集贸市场时，时间已经是半上午了。爸爸把鸡和干菜摆在一个卖鸡蛋的老大爷旁边。老大爷告诉我们，今天的鸡可以卖八块钱一斤。

快过年了，集贸市场的人真多，来买东西的人多，卖东西的也不少。我们刚摆好一会儿，就有两位老人来看鸡。老奶奶说："这鸡不错，不是饲料鸡，是土鸡。买一只吧。"他们买走了那只最大的。

一会儿又来了一对年轻夫妇要买。那个女的穿得好阔气啊。她两只手都戴了金戒指，金光闪闪。她说："鸡有什么吃头，不要买。"

男的说："过年会有客来，买了杀了放在冰箱里，来了客多一个菜。"

我心想：鸡都不好吃，那什么东西好吃？我可最爱吃鸡了，可惜，为了钱，妈妈把家里的鸡全拿来卖了，我们过年没有鸡吃了。

他们要买那两只小的。却不肯用我们从家里带来的秤称，要用他们的小弹簧秤称。那两只鸡明明每只三斤二两，经他们一称，成了二斤八两一只了。我和他们争是三斤二两一只，他们说我们的秤有问题，要去找工商所的人来。我准备和他们到工商所去理论，爸爸息事宁人地要我按他们说的二斤八两收钱。爸爸真窝囊，只在孩子面前脾气大，在生人面前胆子小得可怜。

我真想不通，他们这样有钱，连鸡都不爱吃，为什么要占我们的便宜。早知道这样，我就应该让鸡多吃一点米。我算了算，我们的鸡，一只顶多吃了一两米，四只鸡吃了四两米，他们刚才少算我们八两，这样，我们还是吃了四两亏。

不一会儿，第四只鸡也卖了。妈妈做的干菜也好卖。干菜的颜色鲜亮，闻起来喷香。大概城里人吃多了鱼肉，想换换口味，所以干菜也卖得快。

爸爸把钱数了数，我们卖了一百多块钱。爸爸说可以还清欠商店的钱，还有一点剩余，去买点鱼肉，但不能买太多。爸爸去肉摊和鱼摊上买了一块肉和一条鱼，还买了两挂鞭炮和一副对联。

爸爸带着我从集市上出来，走到街上我才知道街上有多热闹。人山人海，水泄不通。我的眼睛不够用，看都看不过来。

一条街上摆的全是糖果，各式各样的糖果让我眼花缭乱，光说颜色就不知有多少种：金的、银的、红的、绿的、蓝的、白的……形状有圆的、方的、扁的……至于种类那更是五花八门，什么奶糖、梅子糖、花生糖、椰子糖、姜糖。有些我听都没有听说过。

还有一条街全是卖衣服的，各种式样的衣服都有，都非常时髦。我要是有钱我就买这中间最不起眼的大衣，厚厚的，一定暖和，坐在教室里上课时，我常常感到冷。还有一条街是专门卖鞋子的，那些皮鞋、运动鞋像晒鱼干一样摆着。张旭穿的那种白色旅游鞋也有。我去问了一下价钱，女售货员不理我。也许她看出我不像买鞋的人。我不好意思地走开了。

街上卖的这些东西全是我们家需要的，但我们没有钱买。郑琨家也一定买不起。假如这些东西不要钱多好啊，比如每样糖果发一斤，不，不，不要那么多，多了吃不完，每种发几颗就行了。衣服呢，需要什么就发什么。

夹竹桃惹的祸

这是幻想，世界上哪有这样的好事？这些东西都是要钱买的。钱是什么？不就是纸吗？要是我长大有钱了，我就专门发钱给那些家庭困难、过年买不起新衣糖果的人家。像郑琨那样的就要多发一点，让他也和其他孩子一样不愁学杂费，有作业本，有新衣，有玩具。

爸爸对街上的这些好东西视而不见，只催我快点走。我真想在街上逛逛，看看也是好的。

要过年了，尤其是下了一场大雪，更是增添了过年的气氛。除夕这一天，村子里不时有人放鞭炮，火药味弥漫在空气中，营造出一派喜庆的情景。妈妈把鱼肉都做好了，只等开年夜饭。那诱人的香气叫人吞口水。今天我可以大吃一顿了。

我特别高兴，年夜饭有鱼有肉，我吃得好痛快。要是天天过年，餐餐有鱼有肉，那就是神仙过的日子。我快吃饱了，这才抬头去看爸爸妈妈，他们几乎没动筷子，坐在那里看着我们吃。

吃了年夜饭，妈妈和姐姐在房子中间用红砖砌了个四方框框，把平常放不进灶里的树苑、树节巴堆起来，烧了一堆好大的火。我们一家四个人围着火堆坐着，准备守岁。

平常对我们没有好脸色的爸爸，今天脸上也露出了慈样的笑。他在床头摸索了半天，拿出两个苹果和几颗糖，分给我和姐姐。苹果和糖，大概是我们上街那天爸爸偷偷买了留到今天的。我和姐姐一人一个苹果，分给我的糖果比姐姐的多几颗。姐姐懂事地把自己的苹果分成两半，给了爸爸和妈妈。我也像姐姐一样把苹果分成两半，分给姐姐半个。爸爸妈妈对这种分法很满意，吃的时候脸上露出了舒心的微笑。这是我们一家人最幸福的时刻。

妈妈趁屋子里有火暖和，脱下长裤，查看自己大腿根上长的一个肉疙瘩。

姐姐问她："妈妈，那长的什么？痛不痛？"

"也不知长的什么，不痛也不痒，不碍事。"说着，妈妈把长裤又穿上了。

我站起来到窗户边看了看外面，外面被雪映着，不怎么黑，也不知到了什么时候。我自言自语地说："春节联欢晚会可能开始了。"

"也不知今年有些什么节目，赵胜阳，你喜欢看什么节目？"姐姐接我的话说。

"我喜欢看小品和相声。去年春节联欢晚会上的小品笑死人。"我回忆说。

"去年你上哪儿看的？你不也在家吗？"姐姐问。

"过了年以后我在丁继先家看的,电视台重播。张旭说,如果看他们家的彩电,那更有趣。他还说再让大人帮他调到春节联欢晚会,让我去看一次。"我说。

爸爸坐在火边一直没有开口,听我们姐弟俩瞎扯。

"我最不喜欢看戏曲,一句话唱上半天还在咿咿呀呀地哼。"姐姐说。

"那是你不懂,要是你看懂了也会喜欢的。我最喜欢听戏。演员嗓子好,唱得好的时候,听上几天几夜我都愿意。"妈妈也参与了我们的谈话。

"我们家要是有个大彩电多好。"我想象着。

"得多少钱?你做梦吧。"姐姐现实一些。

"将来,我有了钱,第一件事就是去买个大彩电。像今天晚上,我们全家人坐在一块儿,烧一堆大火,看看春节联欢晚会,这样守岁才有味。平时,自己家有电视,想看什么就放什么,不要考虑别人喜欢不喜欢。"平时我在别人家看电视,人家开到什么频道,我就只能看那个频道,其他频道有我喜欢的节目也不能看。

"假如我们家有一台彩电,放在哪儿?我们家连书桌都没有一张。放在小桌子上,要吃饭了怎么办?总不能放在床上吧?晚上睡觉怎么办?"姐姐操心彩电没地方放。

"你真是个书呆子,有了彩电怕没地方放?不会叫爸爸砌个台子,我们学校的讲台就是用砖头砌的。"我为自己想出了好办法而自鸣得意。

"那也不行,我们家的房子漏雨,下雨天会把彩电淋坏的。"姐姐担心。

"那就不能先买彩电了,要先盖房子。"我更改计划,"不过,我不盖楼房,楼房有什么好?我要和别人不一样,不盖楼房盖平房……"

我和姐姐这样你一句我一句没边际地乱扯,妈妈有时也插进来讲两句,爸爸一直没有开口,不过他也不阻止我们,因为今天是除夕。不知什么时候我在火堆边睡着了。也不知是谁把我抱上床的。等我被"劈里啪啦"的鞭炮声吵醒,睁开眼睛时,已经是大年初一的早上了。

我赶快吃了饭去找我的小伙伴们玩。妈妈叮嘱我,到了人家看见大人要喊"拜年"。妈妈真是什么都不知道,现在谁还拜年,老古董。

我先到了丁继先家,他们全家都在睡觉,只有他妈妈起来了,在收拾屋子。她说丁继先昨天晚上看节目守岁,闹了一个通宵,才睡不久。我只好走了。

再到王皓家,他也没有起来。我原打算再去张旭家的,想了想不去了，他们还不是都一样，守岁守到天亮。

丁继先家这几天可忙啦。下雪天，一般人家的地里有菜也收不上来。丁继先家菜棚里的菜正好上市。又都是反季菜，更受人喜欢。红辣椒鲜亮光艳，黄瓜嫩得浑身带刺，豆角一样的长短，韭菜的根白有几厘米深。丁继先的爸爸妈妈又要收菜，又要把菜运进城，忙得不亦乐乎。他们交给丁继先的任务就是管好带好妹妹。这任务容易完成，丁继先自己看电视，把妹妹带在身边。坐在电视机前，一边看电视，一边吃饭。

丁继先的爸爸妈妈不在家，对我来说，正中下怀，我在他们家不受拘束。如果饭多，丁继先也会炒上一碗给我。我也不客气，我们是好朋友嘛。

一次，他爸爸进来拿东西。我说："丁叔叔，你这么忙呀，过年也不休息。"

丁继先爸爸笑笑说："要挣钱，哪里顾得上过年。世上没有又舒服又轻松还可以挣到钱的事。只有努力劳动才能挣到钱，勤劳致富呀。"

5 你们来迟了

过年这几天,姐姐哪儿也没有去,也没有玩,除了帮妈妈做家务,其他的时间她都把自己关在屋子里做作业。

外面的天很冷,冰雪未化。我们家没有生火炉,屋里的温度比外面高不了多少,像个冰窖。经常活动活动还不觉得怎么样,一坐下来就寒气袭人,冻得浑身发抖。姐姐身上的那件棉衣是妈妈过去的旧棉袄,硬邦邦的,想想也暖和不到哪里去。可是,姐姐一坐下来就像生了根一样,半天不挪动一下,一坐就是几个钟头。妈妈心疼她,找来一个瓦盆,把灶里做完饭后的红灰装到瓦盆里,放到姐姐的脚下。红灰总有一点点热气,只是要常去拨动它。

过年这几天,我天天在外面玩,只回来吃几顿饭。姐姐问我作业做完了没有,我理直气壮地说:"现在是过年,一年才有一次这样的日子，不说作业。"

我还没有玩够，年就过完了。姐姐又提醒我，说我的寒假作业一点都没做。

姐姐很严肃地跟我说："胜阳，舅舅走的时候再三叮嘱我们，要好好学习。我们家现在很穷，为了让我们的父母不再受穷，为了我们自己不再受穷，我们必须刻苦学习，别人玩的时候，我们必须学习，不然就会永远穷下去。"

姐姐说话时的态度吓坏了我，于是，我没有再整天和丁继先、王皓他们在一块疯了，天天在家老老实实补作业。

又是一个新学期了。

郑琨因为学校免了他的学杂费，开学后几天也领到了新课本。算来算去，全班没领书的又只有我一个人了。我没有问爸爸要学杂费，我知道他口袋里布挨布，一个子儿也掏不出，问也是白问。我们王老师挺关心我的，几次背着同学轻轻地问我什么时候交学杂费。我心里实在没有底，只好不作声。

郑琨心细，他知道我没书上课不方便，就主动和我的同桌交换了座位，和我坐在一起。这样，我们俩共读一套书。上课时，他把书放在中间，我们两个人都看得到，但回家做作业就不方便了。郑琨要带书回家，有些家庭作业离了书是没法做的。郑琨帮我想了一个办法，老师上课布置家庭作业，下课我就做。下课时间短，我做不完，郑琨就帮我做一部分。

这段时间，因为我和郑琨共读一套书，所以两人好得像一个人似的，无话不谈。郑琨挺理解我，学校没免去他的学杂费之前，他也每学期为学杂费发愁。他替我出主意，天再暖和一点，我们可以到田里沟里去捉泥鳅鳝鱼，卖了钱攒起来作学杂费。

我认为这真是个好办法，虽说一次我们捉不到许多，但我们可以把它们养起来，泥鳅鳝鱼好养活，等到攒了好多再一块儿去卖。

妈妈和姐姐也很操心我没有书的事，但她们束手无策，只能干着急。直到有一天，老师发现郑琨帮我做作业，把我们叫了去，我才把家庭作业只能在学校做，时间少了只好让郑琨帮我做作业的事说了出来。

出乎我们的意料，老师没有批评我们，倒是肯定了我们的友谊，表扬了郑琨乐于帮助同学的精神，但她还是婉转地说，帮人做作业是好心办坏事，老师让我们做作业的目的是让我们巩固刚学的知识，郑琨帮我做作业，我对刚

学的知识就没机会巩固了,是不是真正掌握了也难说。

我们认为老师说得对,心服口服。最后,王老师把我带到总务老师那儿说:"赵胜阳的学杂费由我打欠条,假如他家以后不交的话,就扣我的工资吧。"王老师当场打了张欠条给总务老师,我这才领到了书。

回到家里,我把这事告诉妈妈和姐姐。姐姐没有说话,妈妈挺感动地说:"老师也难当,又要教书,又要管学生,连学生没钱交学杂费也要管,碰上我家这样的困难户,还要代交学杂费,也真难为了他们。我们一有钱,就马上去交,不要让她为难。"

姐姐说得一点也没错,欠了别人的钱,那滋味真不好受。无论什么时候我只要一看见王老师,就记起这件事,人就不自在。她一有事找我,我就以为她会向我讨钱。我不想多见她,但她是老师,我是学生,不论上课下课,我们总是在一块。我只盼望天气快点暖和,我好去捉泥鳅鳝鱼卖钱还给她。

那天,村长和几个村干部到我们家来了。送给我们家一点点钱,说是上面发下来的救济款。本来年前要发下来的,但怕我们过年把它花光了,留到今天才来送,是想留给我们家用来发展生产。

村长告诉爸爸，村委会的干部年前开了个会，大家都认为我们家特别困难，为了帮助我们家脱贫，村委会决定把村里那口最好的鱼塘承包给我们家。那口鱼塘过去是铁牛家承包的。去年铁牛家除去鱼苗、饲料等成本，净赚一万多块钱。

呀！那么多呀。有这样的好事，叫人听了都欢欣鼓舞。

村长问爸爸是不是愿意承包。

爸爸半天没有开口，我在一旁急得要死，恨不得代替他说"愿意"。好不容易爸爸开口说，感谢村干部的一番好意，自己当然愿意承包，只是，我们家承包鱼塘还有很大的困难，一是没有技术，自己从来没有养过鱼，心里没底。二是家里穷，没有资金，动手就要买鱼苗、饲料，钱从何来？

村长说技术上的问题好解决，县水产局的孟技术员常下乡来，有什么问题可以问他。他没来时可以打电话到他家里去询问。他和乡上签订了技术合同，这是他应该做的。资金的问题由村上作保，向农业银行贷款，利息很低。只是要保证每一分钱都用在生产上，不能用作生活花销。

爸爸当即保证，贷来的款除了养鱼外，家里其他事绝不动用，哪怕没米下锅也不用它去买粮。

村长说:"只是你们家的人手太少了,你爱人的腿脚又不大方便,是不是能承包得下。"

我爸爸见技术和资金能解决,心里踏实了,很想承包鱼塘,生怕有什么变化村上不承包给我们家,忙说:"我家小艾也有十三四岁了,我不让她上学了,回家来帮我们。"

姐姐听了,上嘴唇咬着下嘴唇,眼睛瞟着他们几个人。

村长说:"孩子的学习可不能耽误,听说你们家小艾是我们乡的状元,上次还考上了县一中。是这样,承包后,硬是忙不过来,就吱一声,我们大家来帮忙。"

这事就这样定下来了,村长和爸爸签订了承包合同。合同上写明:鱼塘承包给我们家,年底我们家上交三千块钱承包费。

村长带着爸爸和那些村干部去看鱼塘。我和姐姐也尾随在后面,远远地看着他们指指画画。

鱼塘离我们家不远,站在丁继先家后门口喊话,在鱼塘那能听见。从今以后,我们家有自己的鱼塘了,是养鱼专业户了,我们家会富起来的,会过上好日子的。只要今年养鱼赚了钱,我就再也不愁交学杂费了。

村长他们走后,爸爸的脸上挂上了少有的笑容。爸爸把我们喊到一块儿,说:"你们也看到了,村上也在帮我们，我们自己更要加油干。小艾，你是不是不要上学了？"爸爸的口气比从前好多了，没有那种专横不讲道理的味道，有商量的成分在里面。

姐姐一听就急了，带着哭声央求爸爸说："爸爸，让我上学吧，舅舅走的时候再三交代我不能辍学，我不想辍学。只要你让我上学，要我干的活，我放了学回来干。你要我干多少，我一定干完，就是不睡觉也干完。保证不误家里的事。"

妈妈说："让她去上学吧，我们大人多干一点。"

我也帮腔说："还有我呢，我以后放学就马上回家，不去玩，帮家里干活。别让姐姐停学，她读书比我厉害。"

爸爸没有表态前，姐姐紧张得汗都出来了，抓着我的那只手湿漉漉的。

大概是我们三个人都反对姐姐停学的缘故，爸爸答应让姐姐继续上学。姐姐这才松了口气。

我心里惦记着村长给爸爸的钱，我亲眼见村长给爸爸的，但不知给了多少。我希望爸爸能给我学杂费，好让我到总务老师那儿去把王老师的欠条拿回来。我不敢问爸爸要，就让妈妈去要。

妈妈去问爸爸要，爸爸不给，说刚才村长讲了，这钱只能用在生产上,其他事情不得挪用。

立春刚一过,爸爸妈妈就天天到鱼塘里去干活。爸爸说要把鱼塘里的污泥清理干净,塘基培结实,用石灰给鱼塘消消毒。反正一句话,要做好放水放鱼苗前的一切准备工作。他们很辛苦,天天一身泥一身水的。尤其是妈妈,她的一条腿不能着力,靠另一条腿一天到晚地站在那儿给爸爸当下手,也确实难为她了。

爸爸妈妈在鱼塘里忙,家里的家务事就全落在姐姐身上了。她每天要做三顿饭,要洗一家人的脏衣服。好在家里因为养鱼事多没有喂猪了,不然那更不得了。

开学了,姐姐为了不耽误学习,天天早上天还没有亮就起来了,白天上学和放学都是小跑,晚上常常很晚了还在做家务,她要做完这些家务才能做作业。

有一天停电,姐姐做完家务事去做作业,才知道没有煤油了,急得哭了起来。我的作业白天做好了,也替她着急。后来,我到丁继先家去借煤油,丁继先给了我三支蜡烛,姐姐这才把作业做完。

我们家的生活节奏虽然加快了,人人都很辛苦,但心里都很愉快,因为有希望在前面向我们招手。我没事老是站在鱼塘边,想象不久塘里的鱼长大了,伸手就能捞上来。

我想将来我要发明一种饲料，鱼吃了一个晚上就可以长到三四斤，那才好呢。

爸爸那张汗不干泥没擦的脸上，往日的乌云散去了，有时也和我们讲讲话，嘴角也挂着一丝笑意。自从买来鱼苗放进鱼塘里以后，除了吃饭睡觉，其余时间他都守在鱼塘边。就是晚上，他也静静地坐在那儿，不到很晚不回来睡觉。

我问爸爸："爸，你坐在这儿干什么呢？"

爸爸说："夜里静，我坐在这儿能听到鱼儿吃草的声音。这种'喳喳喳'的声音，对我来说就像是音乐，好听极了，美妙极了。"

爸爸把我们家脱贫的希望全寄托在鱼塘上。他和我们说，如果今年鱼养得好，不但可以还清贷款，还会有钱赚。

只要爸爸一说有钱赚，妈妈就提起房子的事。妈妈说，今年要是真的赚了一万块钱的话，第一件事就是修房子。这房子实在住不得人了，不但下雨天到处漏雨，没有一处干地方而且危险，屋架倾斜得越来越厉害，说不定哪天就倒了。

爸爸听了没有说话，一脸的严肃，他在想什么呢？我这时朝相反的方向想：假如鱼不长，收成不好的话，那不但赚钱不到，而且有可能本都收不回。那贷款就没法还。我没有把我想的说出来，大人不喜欢听不吉利的话。

我常吵着鱼卖了要买电视机，我什么也不要，就要电视机。我不天天讲他们会忘记的。

姐姐从来不发表一点意见，也从来不提任何要求，只要爸爸不让她辍学，她就心满意足了。她一放学回家就手不停脚不住地干活。星期六和星期天带着我到湖边去割鱼草。有时爸爸不在身边，我会偷懒，躺在草堆上不动。姐姐这时就鼓励我说：“多割一把草，鱼儿就能多吃一点，就会长得快一点，就可以多卖一点钱。明年，你就不用愁学杂费了。”

唉，别人家致富不用小孩帮忙，张旭家的汽车不要张旭去开，丁继先家的蔬菜也不用丁继先去种，只有我家，养点鱼还要我每个星期天帮他们割鱼草，害得我一点玩的时间都没有。作业都要留到晚上做。最好买一台割草的机器，一天能割几千斤。割一天，鱼儿能吃半个月。这种机器肯定有，不过到哪儿去找买机器的钱呢？难怪姐姐想要当老板。

日子过得飞快，春插了，我们学校放了农忙假。村长没有食言，说话算话，他真的自己跑来帮我们家犁田、耙田，还动员一些年轻人帮我们家插了一天田。

那天早上，妈妈没穿鞋子，到处找爸爸的拖鞋。找了好久没有找到，她要姐姐帮她找。说去年冬天不知把爸爸的拖鞋收到哪儿去了。

姐姐忙不过来，也不理解妈妈为什么这时候找拖鞋。

妈妈说她的脚有点肿，自己的鞋子穿不进去，只能穿爸爸的拖鞋。

姐姐拉起妈妈的裤脚一看，妈妈的脚肿得很厉害。连关节都看不到了。几个脚指头肿得翘起好高，挨不着地。

因为要为插田的人准备中饭，姐姐就把爸爸的鞋子拿给妈妈，说："爸爸下田去了，现在用不着穿鞋子，你先穿他的，等吃了饭，我再帮你找拖鞋。打赤脚怕着凉。"

这天，我也被留在家里做事，洗菜啦，借碗啦，借凳子啦，烧火啦。我烧火时，发现妈妈行动很艰难，腰很难弯下去，弯下去了不扶东西就很难站起来。走路时膝关节不动，整个一条腿在拖。我看着都吃力。爸爸不在跟前时，她动作还从容一点，做一会儿站在那儿喘一会儿气。爸爸来了，她装做什么事也没有，拼命地干。可是力不从心，好几次差点摔倒。爸爸风风火火进进出出，顾不上注意她。

晚上，我和姐姐做作业，爸爸又到鱼塘看他的鱼去了。

这时，妈妈进来了，她扶着床边坐了下来，对姐姐说："小艾，你帮妈妈捏一下脚好吗？我这脚不知怎么啦，不听使唤，好像不是自己的。"

姐姐让妈妈躺下来，帮她把裤脚卷了上去。"哎呀！这是怎么搞的？"姐姐的惊叫声引起了我的注意，我也起身过去看。妈妈的两条腿像两根木柱子，肿得滚圆的，皮肤被绷得紧紧的、发亮。几根通红的血管像红蚯蚓一样，弯弯曲曲从大腿一直向下延伸到腿肚子。我也去帮妈妈捏脚，妈妈的脚像石头一样硬，我不知妈妈今天白天是怎么做事的，她可真能吃苦。

姐姐一边帮妈妈捏，一边问妈妈："这是什么时候开始肿的？"

妈妈一边哼哼，一边有气无力地回答："过了年，脚就有点不得力，拖不动。我以为是累成这样的，就没在意，心想过几天它自己会好的。事情多，也没时间去管它。谁知越来越厉害，今天上午这脚好像没有一点知觉了。也不知与上面的那几个肉疙瘩有没有关系？"

"妈妈，你这是累出来的毛病，你再不能这样硬撑下去了。田已经插了，你好好在家躺几天，休息休息。"姐姐着急地说。我也认为姐姐说得对，妈妈是太累了。

姐姐帮妈妈捏了一会儿脚，妈妈说舒服多了，让姐姐去做作业。并交代我们，不要把她生病的事告诉爸爸。说爸爸心情刚好一点，不要让他又为她的病担忧。

第二天早上，妈妈照常起来干活。背着爸爸就靠在门框上或灶台边喘气，看到爸爸来了又马上去干活。她在爸爸面前尽力掩饰自己的痛苦，不让爸爸发现她病了。

姐姐看见妈妈干什么，就马上夺过来自己干，并偷偷地责备妈妈没有躺到床上去休息，小声地说："拖厉害了下不得地！"

妈妈不以为然地说："没那么严重，拖几天会好的。"

过了两天，我们的农忙假期结束，学校复课了，我们又天天上学了。姐姐见妈妈病了，早上起得更早，几乎把家务活全干了才去上学。

妈妈的病没有拖好，越来越厉害，现在不单是脚肿了，连肚子也肿了。她的裤腰小了，旁边合不拢，只好用一根带子系住裤子。她连走路都吃力，更别说弯腰干活了。平躺在床上还好一点，坐起来就呼吸困难，气喘吁吁。

到了这个样子，要瞒住爸爸是不可能的了。正像妈妈说的那样，爸爸见妈妈病了，刚刚阴转多云的脸色马上又多云转阴了。

5 你们来迟了

养鱼的事又得全靠爸爸一个人了。他要去买饲料，割鱼草，加水放水。本来一件很简单的事，到了我们家就复杂了。比如说买饲料，人家拿钱去买就是了，饲料厂的人对他们迎进送出，还帮他们把饲料搬上车，生怕人家不买他们的。

但是，我们家买饲料不是现款，是支票。因为银行怕我们用贷款买生活用品，所以你得先到饲料厂开发票，写下饲料厂的账号，然后到银行去把钱转到饲料厂的账上才行。碰到没有在银行开户的饲料厂，这买卖还做不成，真的麻烦。爸爸说，其实这也是在用自己的钱，将来不但要还本，而且还要还利息的。只因为你现在拿不出这笔钱，是他们借给你，才多出这么多事。

妈妈见爸爸一个人忙养鱼的事，见姐姐因为学习紧张，家务劳累，一天比一天消瘦，躺在床上心里也不安。休息了一段时间就说自己已经好了，爬起来，想帮帮爸爸和姐姐。

那天是星期六，我和姐姐又去湖边割鱼草。有妈妈煮饭，姐姐说要多割一点，让爸爸帮我们来挑。

快到中午了，我们割下的鱼草像座小山。爸爸满满地挑了一担，姐姐也挑了一小担，我背了一筐，才把这些鱼草运到鱼塘边。我们均匀地把鱼草撒在鱼塘边。鱼儿纷纷游过来吃草。草全撒完了,爸爸还舍不得走,站在那儿看鱼吃草。

我知道爸爸这时候高兴,就逗爸爸开心地问:"鱼儿长了吗?"

"长了,长了。天气暖和起来了,鱼儿开始长了。"爸爸果然高兴。

我们三个人边走边说话,爸爸破天荒夸我们了,说我们今天鱼草割得多,鱼儿吃了会长得快。

我老远就觉得家里不对劲,又说不上是哪儿不对劲。我一边走一边琢磨,到底看出来了,是家里一点动静也没有。这时家里的屋顶上应该有炊烟升起,有人影晃动,但现在,家里像一座死城。我突然有一种不祥的感觉,又不敢说出来,只好不安地跑在前面,恨不得一步到家。

果然出事了,妈妈倒在灶边的地上,手里还拿着淘米的塑料盆。看样子,她是刚淘好米放进锅里,转身去放盆子时倒下来的。

爸爸忙跑过去扶起她,想把她弄到床上去。

我吓得哭了起来,我总是关键时刻沉不住气。

姐姐不用爸爸吩咐,马上朝乡卫生院跑去,请来了陈医生。

陈医生把仰卧在床上的妈妈的上衣撩起,妈妈的肚子肿得比胸口还高,他用手轻轻按了一下,又用手指去弹,肚子里面发出"咚咚"的闷响。

这时,妈妈醒过来了,呼吸困难,看样子她现在很难受。

陈医生问妈妈:"你这病是什么时候起的?"

妈妈吃力地说:"去年下半年,不知什么时候两条大腿根的内侧长了一些疙瘩,不痛也不痒。我没在意。过了年,腿就有点肿,老不见好,后来就肿到肚子上来了。"

陈医生又查了查妈妈左腹部和右腹部,站在那儿半天没有作声。想了好久,他又卷起妈妈的裤脚,看到了妈妈腿上那些像红丝线样的血管。他放下听筒对爸爸说:"讲老实话,你爱人这病我们乡医院还从来没见过,你们还是赶快送她到县医院去吧。不要耽误了。"

爸爸一听要往县医院送,火就上来了,说:"人家一有病找你们,你们就要人家往县医院去,要你们乡卫生院干什么?"我爸爸就这脾气,说话也不管人家受得了受不了。

陈医生闹了个大红脸,但他仍然好言解释说:"现在我们无法确诊她的病,如果没搞清楚病就下药的话,不但不能治病，而且会延误病人的治疗。县医院有设备，可以帮助确诊。我们这是对病人负责。"他说完就走了。

在爸爸看来，妈妈的病只要吃药就会好，陈医生不肯开药，真是岂有此理。上次如果不到县医院去，在乡卫生院也可能治好了，结果到县里去，用了不少钱。现在陈医生不肯开药，可能是自己刚才态度不好，陈医生不喜欢自己。爸爸根本就没想到妈妈的病真的很严重，他认为不就是有点肿吗，小时候，自己营养不良也肿过的，没把它当回事，后来也就好了。他想不如搞点土方给妈妈吃吃，会好起来的。

中午，我和姐姐做饭时，爸爸出去了一会儿，回来对姐姐说："下午你不要去割鱼草，到丁继先家去找点冬瓜皮，熬些水给你妈妈喝。我刚才去问过一些老人，他们说冬瓜皮能消肿。你再看看家里有黄豆没有，也熬一点给你妈妈吃，那东西也消肿。"

下午就只有我一个人去割鱼草，实在没有味。我割一会儿坐一会儿，磨磨蹭蹭到傍晚，爸爸来帮我挑鱼草时，我割的鱼草还不够他一担挑的。爸爸恨铁不成钢地说："唉，你要是有你姐姐一半懂事就好了。儿子不懂事，女儿懂事有什么用。"爸爸破天荒第一次表扬了姐姐，不过是背着表扬她。

妈妈一连喝了好几天冬瓜汤、黄豆水，也不见消肿。爸爸怪姐姐冬瓜皮放少了，分量不够，不起作用。姐姐又从丁继先家要来半篮子冬瓜皮，准备不用罐子熬，用锅来熬。

这天早上，爸爸在他们屋子里大声喊我："赵胜阳，快去叫陈医生。"

我一听就知道是妈妈的病加重了，鞋也没穿，爬起来就跑。我一边跑一边想：爸爸那天对陈医生那样凶，今天陈医生肯不肯来？

陈医生一听说我妈妈的病加重了，就说："怎么还没送到县医院去呀？病可是耽误不得的呀！"他根本没提我爸爸对他态度不好的事，也许他早就忘记了。说话时间，他拿起听筒就走。他走得飞快，我要小跑才能跟得上他。

陈医生到我家后用听筒听了听我妈妈的心脏，用命令的口吻果断地说："赶快弄车，或者用担架，把病人送到县医院去。"

爸爸站在那里呆若木鸡，好像没听见陈医生的话一样，低着个头，一言不发。

这次轮到陈医生吼我爸爸了："你这人怎么这样，人命关天，你还坐在这里不动。你以为我是吓你呀？这可不是闹着玩的。你爱人的心脏出了毛病了，是什么病引起的还搞不清，随时有生命危险。"说着他站到爸爸的面前，等爸爸回话。

爸爸被他的话吓得六神无主，怯怯地说："我知道你不是吓我的，可我没钱呀。你是不是认识医院里的人，可不可以赊账？"

陈医生一听，马上对姐姐说："你快去把村长找来。"

村长来了，他问明情况后，二话没说，把自己的口袋翻了个底朝天，把钱全掏了出来，塞在爸爸的手里。自己又亲自跑到丁继先家，借来两百块钱，催爸爸快点动身送妈妈去医院，说："先救人要紧，少了再回来想办法。"

爸爸送妈妈到县医院看病去了，姐姐也跟去了。这一去就是好几天，没有消息。这中间就只有爸爸回来过一趟，来拿洗脸手巾、衣服什么的。

我一瞧爸爸那铁青的脸，就知道准没个好，要问的话到了嘴边又咽了下去。我明白，问也是白搭，现在就是用铁棍也撬不开他的嘴巴。临走，他让我把姐姐的书包拿给他，交代我早晚割点草撒到鱼塘里。

丁继先见我一个人在家，不会做饭，就让我上他们家去吃。我不肯去。丁继先妈妈特地跑来对我说："孩子，谁家又能保证自己家没个难事？你妈妈病了，这只是暂时的，到我家吃几天饭没什么的。以后，我不在家，我们丁继先上你们家去吃。"

星期天，我在丁继先家吃了早饭，一个人走路到县城医院去看我妈妈。本来丁继先也打算陪我去的，他妈说家里有事，不让他去，其实是怕累着他。他家的车子有别的用，不能送我们去县城。

我要去看妈妈的心迫切，几乎是小跑着到县城的。但到得太早了，医院不让进去，说是没到探视时间，我只好坐在外面等。一直等到十一点半，那个守门的老大爷才放我进去。

我又不知道妈妈住在什么科，几号病室，只好一座一座楼去找，一个一个病室去看。下午一点钟了，我才找到妈妈的病房。她躺在床上，姐姐坐在床边看书，她看得那样认真，连我走到她面前她都不知道。直到我叫她，她才抬起头来。

姐姐说妈妈刚打了针，睡着了。她让我站到妈妈的身边看了看妈妈。她的脸色黄得出奇，水肿消了一点，呼吸也没有从前那样吃力了。看来县医院比乡下诊所水平高不少。不知为什么，我的眼泪一下就流了出来。

姐姐忙把我拖出病房。对我说："不能哭，让妈妈看见了，又惹她伤心。"

我让姐姐快点把妈妈的病情告诉我。

姐姐告诉我说：妈妈这病叫什么班氏丝虫病，平时很少见的。十几年来这是第二例。好多年以前，妈妈被蚊子咬了，蚊子把一种叫丝虫的虫子带进了她的血管和淋巴，现在，丝虫把血管阻塞了，要开刀把那些虫子弄出来。但妈妈现在肺部感染了，发烧，她的心脏也不好，不能动手术。要先消炎，等炎症消了才能开刀。

我问姐姐，什么叫淋巴，在哪儿。

姐姐也不知道。

我说，那是这儿的医生不行，要是舅舅在就好了。那次我有蛔虫，舅舅给我吃一点打虫的药，就把那些虫子全打下来了。

姐姐忙摇手不让我说，生怕这话让医生听见了，她说："这虫子可能不是那虫子，这虫子可能吃药打不下来。"姐姐想了想又说："不过医生说，为什么不早点来治，说不定早点来就可以打下来的。我也弄不清楚。"

"在医院里要住多久呀？你的功课怎么办？"我为姐姐着急，我知道她最怕耽误学习。

姐姐比我更急："学校任老师那天来了，她给我送来一些作业和资料，让我在医院里自学。自己弄不懂的地方，把它记下来，我回去以后再辅导我。她再三交代我，不能落下功课，要随班前进。爸爸帮我把书包拿来了，这不，你来的时候我正在看书。好在这段时间他们学的是我以前自学过的，问题不大。如果再耽误下去就不行了。"

"医生有没有说妈妈的病什么时候会好？你们什么时候能回来？"我再问。

"医生没说妈妈的病什么时候会好，他只说妈妈的病很少见，也很严重，还说她的体质差，现在还没有脱离危险，我真担心……"说着说着姐姐自己掉下眼泪来。

"爸爸人呢？"我来了半天，也没看见爸爸。

"爸爸今天等医生给妈妈看过病，就到外婆家借钱去了。医院要交四千块钱。"姐姐说。

"四千块！"这数字吓了我一跳。

姐姐问我吃午饭没有，当她知道我还没有吃饭时，想弄点什么给我吃，找了半天什么也没有找着，就催我回家。我还想再待一会儿，等妈妈醒来和她说说话，但肚子实在饿得不得了，在造反了。我只好快快地回来了。

那天晚上，爸爸回来了，他让我去把村长找来。村长来了，爸爸也没说多的话，单刀直入："村长，实在对不起了，我要动用贷款救人了。你无论如何要帮帮我。不是我讲话不算话，只怪这事来得急，我一时无法凑起四千块钱，我实在是没有办法啊。"爸爸有点语无伦次了。

村长想了想，说："也只有这办法了，总不能见死不救。只是我们以后再有什么困难，就很难到农业银行贷到款了。"

爸爸连夜匆匆地走了。

十几天后，爸爸和妈妈、姐姐都回来了。看样子妈妈比去的时候好了一点，肿也消了一些，呼吸也正常了。

我高兴地问姐姐："妈妈完全好了？"

姐姐忧心忡忡地说："妈妈这种病好多年没人得了，药厂也不生产治这种病的药了。医院费了好大的劲才从别的地方搞到这种药，还是过了期的。药很贵，二十天不到，四千块钱全花光了。我们是回来搞钱的。妈妈账上没钱，医生开了药，药房不发药，住在那里也是白搭。我们就全回来了。"

爸爸每天吃了早饭就出去借钱，有时直到深夜才回来，每次回来总是两手空空。他不进屋，坐在寒冷的屋檐下发愣。

几天后,妈妈的病又加重了,腿肿得像根柱子,又粗又硬,裤腿根本穿不上去。她只好穿夏天穿的大短裤。鞋子袜子也穿不上去,只好用衣服把脚包起来。

那天晚上,妈妈说她难受极了,爸爸忙扶起她,姐姐跪在床上给她摸胸口。妈妈让我走到她身边,断断续续对我说:"胜阳,你要像你姐姐一样爱学习,读了书才有出息,才不会受穷。"说完,她头一歪就去世了。

我们一点思想准备也没有,悲痛欲绝,拼命地叫,拼命地喊:"妈妈,妈妈,你睁开眼睛呀,你回答我呀,你不要吓我呀!"可是,妈妈永远地闭上了她的眼睛,再也不会回答我了。她才三十几岁呀!人家的奶奶八十岁还活着,你干吗就死呀!

我的第一个念头是我成了没娘的孩子了,今后没人疼、没人爱、没人管了。第二个念头是这几天我应该和妈妈多说几句话,问问她,她死了,我要是想她了,到哪儿去找她。我真不愿接受这一事实,我希望这件事是弄错了,会有人来告诉我们,我妈妈没死,现在还躺在医院里,让我们去找她。或者出现奇迹,哪一天妈妈从外面回来了,说她又活过来了。

但姐姐的号啕大哭证明妈妈死了,这是千真万确的。

6 我们也要捐钱

现在，我们家的房子比过去更破落了。远远看去，我们家像个废弃的没人住的破屋场。地坪里堆放的草、柴、农具没人收拾，地上到处是鸡屎，没地方下脚。

屋子里更乱，灶上有只没底的破袜子，那是我坐在灶脚下洗脚时放的。水缸盖上放着爸爸的上衣，那是他喝水时随手丢的。床上的枕头边摆着镰刀，那是我割草回来累了，倒在床上没有把它挂到墙上去……反正，家里乱七八糟，东西全错了位，要用的时候到处找。

更不得了的是，妈妈带走了家的魂。换句话说就是妈妈没了，家也似乎不复存在了。过去，到吃饭的时候了，我会记起要回家，家里有妈妈在等着我。过去，在外面受了委屈，怄了气，我会跑回去告诉妈妈，让妈妈给我评评

理，安慰我几句，我心里才会好过一些。过去，我家里虽然穷，但它是我心中的港湾，能让我这艘小船在这儿停靠。它是我心目中温暖的窝，我这只羽毛未丰的小鸟能在这儿歇息成长。那时，家里再穷有妈妈，有妈妈无私的爱，有妈妈的呵护。这一切全因为妈妈的死没了。现在的家像空螺蛳壳，仅仅只有一个空壳壳了，没有内容了。

妈妈走了，好像我的心被掏空了，我一天到晚心里空落落的，没魂儿。白天上学、割草，时间容易过，还好一点。最难过的是傍晚。过去，天快黑了，我有事或是玩疯了，忘记了回家，妈妈会站在大门口，用她特有的柔和的语调喊："赵胜阳呀，快回家。"我听到妈妈的召唤，就会像小鸟一样飞回家。当时，那是再自然不过的事，也不觉得怎么幸福。现在，妈妈没了，傍晚，我在割鱼草时，听到别人家的妈妈在叫自己的孩子回家，眼泪就出来了。我多希望妈妈这时站在大门口喊我啊！那是多么幸福而又温馨的情景啊！我发现我变得脆弱了。上学的路上，小牛犊依偎在母牛的身边，会让我想起妈妈；丁继先家的母鸡带着一群小鸡啄食，也会让我想起妈妈。

那天，张旭捉到了一只大田鼠，要淋上废汽油烧死它，我心里老大的不忍，对张旭他们说，要是这只田鼠是母的，那它的孩子多可怜，太残忍了。

张旭说我怎么变得婆婆妈妈的了。

丁继先趁张旭说话的时候，把田鼠夺了过来，放走了。要是以前，张旭会生气的，但这次他没发火，他忍让地说："算它命大。"我知道，他这是迁就我。

妈妈死后，王老师对我特别关心。她常问我家里的生活情况。那天我把讲台上的粉笔盒打翻了，她也没批评我。我做作业时，常能感到她亲切的目光在我身上扫过。

姐姐从医院回来后，瘦了一个大圈，好像也变矮了。可她却得不到半点休息时间，全部家务落在她一个人身上。

现在我们才知道这家务事像小溪里的水，永远流淌不尽，没有个完。她一天要做三顿饭，要担水，要到菜园里去摘菜回来，要洗菜。这些准备工作，妈妈在时帮她干，现在谁来帮她？爸爸从来不管做饭的事，他只上桌吃，吃了碗一推就走。吃完饭碗要洗，一家人的衣服要洗。爸爸天天干体力活，天天出汗，天天换衣，姐姐也就天天要洗衣。光是家务事，就是姐姐不上学也干不完。

我最不愿意干家务活，但为了帮姐姐，我只得摁下性子干。

姐姐不光要干家务、上学，还有落下的功课要补上。

老师常常放学后把她留下来，给她补课。等她回来做好饭时，已经是晚上七八点钟了。吃了晚饭，我洗碗，姐姐洗衣。等她洗了衣来做作业时，我已经做完作业上床睡觉了，现在我和爸爸睡。第二天早上，我还没起来，姐姐又在忙着做早饭。所以，姐姐究竟什么时候睡的，睡了多长时间，我也弄不清楚，我只知道姐姐的眼窝一天比一天深，眼眶一天比一天大，脸一天比一天小。

除了洗碗，其他事我也帮不了她。因为，爸爸说这段时间塘里的鱼几乎没有长，规定我早上、中午、傍晚都得去割鱼草，而且割少了还不行，他老唠叨，妈妈住院欠下几千块钱的账，全靠这塘里的鱼来还。

妈妈走后，爸爸对我和姐姐的态度好了一些，变得温和一点了。脸上终日不散的悲哀神情驱走了往日的粗暴。回家后，眼光也老是停留在我和姐姐的身上。他常常自言自语地嘀咕："只怪我，太粗心，怎么不知道她的病那样重呢，早点送到县医院去就好了。""我这是人财两空呀！"有时，他还会落下几滴混浊的眼泪。

他常常冷不丁地交代一些让人摸不着头脑的事："赵胜阳，你多穿几件衣服，不要着凉了。""赵胜阳，在外面不要和人打架。"天气已经不冷了，穿那么多衣服干什么？我从没和人打过架，这点他不明白？他这是没话找话说。姐姐说，爸爸这是见妈妈不在了，怕我们感到没人关心，想给我们一点温暖，想替死去的妈妈给我们一点爱。现在，爸爸不光是爸爸，他还要扮演妈妈的角色。

听姐姐这么一说，我觉得爸爸比过去多了一点可亲的地方，少了一些对他的畏惧，同时也觉得他可怜。我一个小孩子，怎么能去可怜一个大人呢，这念头太怪了。爸爸还是每天守在鱼塘边。不过，他的信心明显没有以前那样足了，他常唠叨："贷的款给你妈妈治病花了，现在没钱买饲料了。鱼儿光吃草是长不大的。到年底，卖鱼的钱不一定能还得了贷款。上哪儿去弄钱来还贷啊。那可是银行里的钱，村长担了保的……"这些话他常说，让我都背得了，他讲上句，我知道下句。

我从爸爸的唠叨中领会到，我的学杂费别指望爸爸替我交了。鱼塘里的鱼儿还太小，上半年不能上市，就是下半年鱼长大了，卖了钱只能还他的贷款，根本就没打算给我交学杂费。我的学杂费得靠自己想办法。至于电视机，那就是梦想了。

好在天气渐渐地暖和起来了。于是，我不管是去上学还是去割草，身上老是带一个塑料袋，走到哪儿也不忘了

到水边、沟边、渠道边去看看，瞅瞅是不是有鳝鱼出入的小洞。鳝鱼洞很小，只有壹角硬币那样大，也许刚好鳝鱼的身躯能通过吧。如果我发现田里有那样的小洞，蹑手蹑脚走过去，然后用右手的食指到洞里去骚扰鳝鱼，迫使它从洞的另一头钻出来。这时，可得眼快手狠，用三个指头一把掐住它，马上把它放进塑料口袋，别让它跑了。不然，它的身子像抹了油，滑溜溜的，一下就从你的手里跑了。开始时跑掉过好多条。你生气也没有用，田里的禾长高了，找也白找。

丁继先、王皓、郑琨他们都知道我欠了学杂费，再不交，总务老师就会扣王老师的工资，因此，他们都帮我捉，捉了就放进我养鳝鱼的那口缸里。有时，我割草去了，他们在外边玩，看到了鳝鱼，也帮我捉回来。有一天丁继先捉得多，差不多可以炒上一碗，他爸爸要弄了下酒。丁继先才不听他爸爸的，提了鳝鱼就跑，边跑边回头说："你是个好吃鬼，只知道鳝鱼好吃。我这鳝鱼可不是捉来给你吃的，是要给赵胜阳卖钱交学杂费的。"他爸爸也就没有来追他。

丁继先告诉我这事，我非常感动，说："你怎么不给他吃？你爸爸对我可好着呢，你这样做，我可不好意思了。"

丁继先说:"那不行,得先交了学杂费才能给他吃。学杂费没交清之前,谁也别想吃我们捉的鳝鱼。"

两个月了,城里收鳝鱼的小贩来了几次,我卖给他三次,每次都能卖十几块钱。现在,我手里已经有五十二块二毛钱了。姐姐帮我把钱放在小铁盒里,小铁盒放到墙洞里,爸爸不知道,我怕他有急用又打这些钱的主意。

"六一"儿童节,学校开完庆祝会就放假了。我不打算回家,准备去很远的地方捉鳝鱼。我要丁继先回家给我姐姐说一声,让她不要等我吃午饭,谁知丁继先自告奋勇也要帮我去捉鳝鱼。我说今天不能回家吃午饭,因为,回去了就出不来,会被家里留住。丁继先也答应了。

为了不让爸爸找到我们,我和丁继先跑得很远很远。丁继先还热心地从老师那儿借来一个桶,说假如捉得多,塑料袋子会装不下,说不定会捉这么一桶。

这一天,我们俩战果辉煌,到傍晚时分,捉了大半桶。掂量掂量,大约有四五斤,能卖十几块钱吧。这样一来,我心里踏实多了,突然,我觉得自己长大了,有主意了,因为我能捉鳝鱼卖钱了。到万不得已的时候,我就请假去捉鳝鱼,捉一二十天鳝鱼,卖的钱一定能交清学杂费的。这也没有什么了不起的。只是丁继先肚子饿得不得了,直

喊吃不消。只一餐午饭没吃,他就喊脚没劲,心里慌。我鼓励他说:"想想红军过雪山草地时的情景吧,这算什么。"

后来,我又捉了一些,到小贩来收时,我卖了二十一块六毛钱。加上原来的五十二块二毛钱,我现在有七十三块八毛钱了。这都是我自己通过劳动挣来的,可不是伸手向别人要的。假如不是帮家里割鱼草,我可以捉更多鳝鱼,卖更多的钱。

就在我们进行总复习,准备期终考试的时候,听说我的同班同学李佳病得很严重,被送到县医院去了。

说起李佳的病,我们一点也不奇怪。她的皮肤白得出奇,不像正常人。而且,她还有一种怪现象,身上的肉特别容易红紫。那天,她自己不小心在课桌上碰了一下,手臂上马上紫了一大块,好像别人怎么狠心拧的一样。郑琨以前不知道,推过她一下,她一点劲也没有,跌倒在教室里的讲台边,也不知鼻子碰到了什么地方,马上出血了。老师只好把她送回了家。

我们在李佳的面前非常小心,生怕把她弄出血。有同学给她取了个绰号叫"林妹妹",我们几个人另外给她取了个绰号,叫"纸人",像纸糊的一样,一手指头就可以戳破。

同学们听说李佳病了,都想去看她。

我一听说县医院就有一种不祥的感觉，这也许和我妈妈的死有关吧。

昨天，王老师走进教室，把教科书放在讲台上，没有马上讲课，而是用很严肃的口吻对我们说："大家不是想要知道李佳同学的病情吗？现在让我来告诉大家。我昨天去了县医院，医生说她得的是白血病。大家可能不知道什么是白血病，这种病又叫'血癌'，得了这种病的人，很少有人治好了。所以，李佳同学现在有生命危险。医生说他们正在尽力抢救，但要花很多很多的钱。不是一百两百，一千两千，而是要好几十万。李佳的爸爸准备把家里的房子卖了，把电视机和所有的家具卖了，给李佳治病，但还是远远不够。昨天县教育局批准了我们的报告，我们准备向全县中小学生发出倡议，请全县的学生向李佳伸出援助之手捐款。我们是李佳的同班同学，在这次活动中要走在前面。请大家回去和家长商量商量，把自己省下来的压岁钱、零花钱捐给李佳，使她能早日恢复健康。"

王老师讲完后，教室里没有像往日听到什么消息一样议论纷纷，而是鸦雀无声。大家被这消息震惊了。李佳只有十一岁啊，她就要死了吗？真不敢相信。

王老师接着上课。讲老实话，这堂课纪律虽好，但大

我们也要捐钱

家都心不在焉,心都飞到李佳身边去了,谁能这么不在乎,听到同学病得这么严重而无动于衷呢?

下了课,我们三个一群、四个一伙在一起议论这件事。大多数人已经有了打算,准备捐款。张旭就说:"我外婆那天来,给了我五十块钱,我没有让家里人知道,准备用它到县城去玩的。我全捐出来给李佳,大不了不去县城玩就是了。"

丁继先也说:"我爸爸妈妈平时很节约,但这是救同学的命的事,他们会肯捐的。只是捐多少我就不敢保证,要钱拿到手才上算。"

只有我和郑琨没有开口。郑琨不讲我也明白,他是一个钱也没有。我有七十几块钱,但学杂费还没交。这事该怎么办?我打算回家问问姐姐。

晚上,我把李佳得了白血病的事告诉姐姐。姐姐想了想说:"我记起来了,李佳是坐在你前面的那个白白净净的女孩。多可怜啊!怎么这世界上还有这么多的病治不好,真让人害怕。赵胜阳,我想好了,我长大了当医生,专门给大家治疑难病症,像妈妈的病,像李佳这样的病,不让有人年纪轻轻地就死了。"

我为姐姐想当医生救人而高兴。我也相信她能当成医生，她做事比我牢靠，想干什么就一定能干成，从不放空炮。

我又把学校准备向全县学生发出倡议，号召大家募捐的事告诉姐姐。最后，我问姐姐我捐多少。

姐姐说："你就别捐算了，快放假了，你的学杂费还没有交。我们自己还顾不了自己呢。"

我说我多少一定要捐一点，不然的话，李佳将来病好了，我看见她会不好意思的。万一她死了，我会觉得对不起她，虽说这钱原本要交学杂费的。

姐姐说："我们不是不捐，而是没有钱捐。她也不会怪我们的。再说，也不缺我们这几个钱。"

我第一次不肯听从姐姐的意见，硬从姐姐那里拿了两张五元的人民币，准备自己捐五块，给郑琨五块钱让他去捐。

姐姐见我态度坚决，就改变口气说："姐姐不是自私，不是只顾自己的人，我只是考虑你的学杂费还没有交。"

一到学校，我就把郑琨喊到教室后面的小树林里，给他五块钱，让他去捐给李佳。郑琨不肯要。我说："这是卖鳝鱼的钱，其实也有你的一份。看着李佳病得这么严重，你不捐钱心里好受吗？"

郑琨激动地说："还是你理解我，这两天我心里也老在想这个问题，假如我不捐的话，心里真的有点不好受。同学们都捐了，我却一分钱也拿不出。想捐却又实在没钱。这钱算我借你的，以后有时间我再帮你捉鳝鱼。"

结果，我和郑琨每人捐了五块钱，在班上不算多的。没想到老师却在班上表扬了我们。王老师说："郑琨和赵胜阳同学今天也捐了钱，这出乎我的意料。要说家里困难，没有人比他们两家再困难的了。他们今天也每人捐了五块钱。虽然我不知他们的钱是从哪儿来的，但我可以肯定地说，他们的钱一定来之不易。他们能在这样困难的条件下，捐款给李佳同学治病，证明他们有一颗善良的心，有一颗爱同学的心。"

同学们都给我们俩鼓掌，害得我们怪不好意思地低下了头，脸都红了。早知道老师会这样看我们，我应该把那几十块钱全捐了，至于学杂费，再慢慢攒吧。

放暑假那天，我从墙洞里掏出六十几块钱，姐姐帮我用一张纸把它包好，夹在一本书里，把书放进书包，要我背着书包去上学。因为天热，我只穿一件汗衫，一条短裤，钱没地方放。

一路上，不少同学提醒我："你不知道今天放假吗？怎么还背个书包来了？"

一到学校,我就找郑琨和我一块儿到总务老师那儿去,我得先交了这六十几块钱学杂费,欠着的跟总务老师讲好,暑假我去捉鳝鱼、捡田螺卖钱来交。请总务老师千万不要扣王老师的工资,把她的欠条还给她。

总务老师收下了我交的钱,给了我一张收据。但王老师的欠条不肯退。他还抱歉地说没交齐的部分只好从王老师的工资里扣了,这是制度,没有办法。

我垂头丧气地离开总务老师的办公室,情绪很不好。郑琨安慰我说:"反正就要放假了,放了假天天去捉鳝鱼,卖了钱就马上还王老师就是了。"想想也只有这个办法了。

六年级同学的毕业典礼和我们的学年总结大会一块儿开的。

大会上,学校给三好学生发了奖状。没想到的是,校长在大会上表扬了我。说我家庭困难,家里养鱼事多,但我能坚持天天上学,从不缺课,成绩也没有掉队,很不容易,值得学习。

我不好意思地把头抵在前面同学的背上,装作没听见。旁边的同学捅了我一下,说:"赵胜阳,老师表扬你呢。"

这时,我突然想起了妈妈的死,想起了舅舅的话,想起我和郑琨共读一本书,想起了为交学杂费去捉鳝鱼……校长的话是那样感人肺腑，让我流下了眼泪。我寻思：老师这样理解我，看重我，今后，我一定要更加努力，把成绩搞上去，让老师表扬我时可以讲：赵胜阳同学家里虽然困难，但他却取得了优异成绩，而不是像现在这样说：没有掉队。

我和郑琨约好了，"双抢"过后，我们几个同学一块儿去看李佳。她不是住在县城医院么，我去过，认识路。

不幸的是，李佳死了。我们都伤心地哭了，走在大街上，任凭眼泪流着。如果有人笑话我们，我们就告诉他，我们死了一个同学，她才十一岁。保准那人听了也会哭。

7 屋漏偏逢连夜雨

暑假我可忙了。虽说很累,但觉得累得有味,累得有意义,心情很愉快。

爸爸没钱买鱼饲料,鱼塘里的鱼全靠我割鱼草去喂,他怕我割鱼草时贪玩偷懒,给我定任务,规定我一天割两担鱼草。不是两小担,而是爸爸挑的大担,一担那可是扎扎实实的一百多斤。为了不挨说,我必须每天完成这两担鱼草的任务。我计划上午割一担,下午割一担。

这可不是件容易的事,得加油干才能完成。几乎连伸腰的工夫都没有。有时为了节约时间,我一个上午不小便,硬是憋得肚子痛了,才看看周围有没有人,赶快找个地方方便一下。有时,天上起了一点点云,我就希望它下雨,而且是下大雨。那样,我就有借口不出来割鱼草,也好休息一下。雨下小了也不行，下小雨的天，爸爸也要我披块塑料来割鱼草。今年夏天雨下得很少，我也就没有休息的机会。

爸爸只要我完成了两担草的任务，早上、中午、傍晚的时间可以归我自己安排。这时，我就去捉鳝鱼、捡田螺。丁继先他们几个人不肯帮我割草，却愿意和我一块儿去捉鳝鱼。当然，他们捉的全给我。因此，城里的小贩下乡来时，我总是能卖给他几斤。一个多月的时间里，我卖的钱不但能还欠王老师的钱，而且还剩下几十块钱可以交下个学期的学杂费。

学杂费是有着落了，只有一宗，作业可没有时间做，一个字也没写。如果开学了，没有作业老师也不准你报到领书的。

开学前几天，丁继先他们几个人帮我一起赶作业。只有作文没人肯帮我做，不过，张旭借给我一本《小学生优秀作文选》做参考，我靠那本作文选总算把作文补完了。

姐姐的作业是自己做的，不是同学帮她补的。这并不是因为姐姐有时间做，而是她比我刻苦。姐姐每天要煮饭、洗衣、种菜、收拾屋子，而且她还和我一样，每天要割两担鱼草。她只有到夜深人静，家务做完了，才能坐下来写作业。这时，我却坐在丁继先家的电视机前，舒展着腿和脖子看电视。偶尔我也会牵挂姐姐，她的家务是不是干完了？但愿她干完了家务，已经在做作业。天气热、蚊子咬，这些都吓不倒姐姐。我从她身上知道了什么叫刻苦，什么叫毅力，什么叫坚韧不拔。

有时，天很晚了，我回家睡觉时，姐姐还坐在灯下学习。我望着她那聚精会神的样子，心里会滋生出一种惭愧，一些后悔，似乎觉得刚才不应该去看电视，应该和姐姐一样在家做作业。但是，我又会找出种种理由来为自己辩解：我白天不是干了一天的活吗？我还是个孩子，劳动了一天，晚上看一看电视应该不是错误。转过来又想：姐姐白天没有干活吗？她就不该休息吗？我自愧不如姐姐，更加佩服姐姐。

开学了，我到学校报了到，领到了新书。当我从老师手里接过新书时，有一种往常领到新书所没有的感觉，这种感觉是自信、自豪。我认为，我和其他同学领的书虽是一样的，但我的学杂费是自己挣的，不是问爸爸妈妈要的，也没有让老师帮我打欠条。我虽然还只有十二岁，可我觉得自己已经是个大人了。

这一点，同学们可能并没有感觉到，但细心的王老师觉察到了。那天，我把欠她的钱还给她，她却要我先去交这个学期的学杂费，以后再还她。当我骄傲地告诉她我有钱交学杂费时，她惊讶地问我钱从哪儿来的。我自豪地给她讲了我捉鳝鱼卖钱的事。

王老师深情地摸着我的头，看了我好一会儿，感叹地说："穷人的孩子早当家。你长大了。"

开学了，生活又回到原来的老样子。学习和割草占去了我的全部时间。姐姐还是跑着去上学，一边做家务一边记英语单词。

因为我和姐姐去上学，投给鱼吃的草少了。这让爸爸对开学非常不满。

姐姐背后说："要依爸爸的意思，最好别开学，我们俩天天给他割鱼草，让他的鱼儿有足够的草吃，那才最好。"

我们的生活紧张而又平静，刻板而又平淡。但这平静的生活没有维持多久，让一块小小的碎玻璃片给打破了。

那天中午放学，姐姐在做饭，我帮姐姐烧火。爸爸回来了，他还没进家门，就在地坪里喊："小艾，快撕块破布来帮我包一下。"

我和姐姐都跑出来看。原来是爸爸打赤脚在鱼塘边干活，被一块碎玻璃片划破了脚板。可能伤得很厉害，很有忍耐力的爸爸痛得龇牙咧嘴，嘴巴都歪了，眉头打成了一个大结，一脸的痛苦。

姐姐忙要我搬张凳子来让爸爸坐下，她自己打来一盆水，帮爸爸把脚上的泥巴洗干净，马上看到了伤口，伤口确实很深，两边张开就像小孩子的嘴唇。鲜血不停地流出来，滴到盆子里。姐姐一看见血，吓得不知所措。爸爸用手挤拢伤口，说："还不快点去找块布来帮我包上。"

爸爸一抬头，看见我，又想起了一个主意，他对我指了指他的伤口说："赵胜阳，在上面撒泡尿。"

我不明白他的意思，站着没动，望着他。

爸爸又说："我要你对着伤口撒泡尿，用尿淋一淋伤口。你的尿是童子尿，淋了伤口会好得快些的。"

我半信半疑，说："这多不卫生。尿是多脏的东西，还往伤口上淋。弄不好，伤口会发炎的。"

爸爸说："你知道什么，好多土方挺管用的。这办法我们以前试过。"

当着别人的面我尿不出，就找了一个破碗，躲在墙角边，把尿尿在碗里，然后端来淋在爸爸的伤口上。我嫌尿脏，挺别扭的。

淋完尿，还不见姐姐出来，爸爸让我进去催催她。我进去，姐姐正在箱子里找不用的破布。箱子里都是要穿的衣服，总不能把衣服撕破吧。我突然看到床底下有一只破袜子，就用剪刀把它剪开，送给爸爸。爸爸用破袜子把伤口包上，又用两根线扎起来。他夸奖我说："还是男孩子好，有事用得上。女孩子一遇上紧急事情，就慌张，做不得用。"他又唠叨："看来又有几天下不得水了，得让它好一点再下水。"

这事过去了，我也就忘了。我以为，平时我们也伤过手啊脚啊的，从不把它当回事，过几天也不知什么时候就好利落了。爸爸这点伤大概也和我们一样，过几天会好的。偶尔看到爸爸有点跛，也问问："脚还痛吗？"

爸爸也轻描淡写地说："没事，过几天就好了，就能下水干活了。"

也不知过了多少天，反正我和姐姐说不清楚爸爸是哪天伤的脚，又是哪天发的病，我们不知道脚被玻璃划破和发病之间隔了多少天，只知道那天早上，爸爸没有像往常一样到鱼塘边去，而是躺在床上哼哼。这真让我不相信，以为听错了，因为这可是从来没有的事。

我进去时，姐姐已经在那儿。爸爸满脸通红，双目紧闭。姐姐站在床边问爸爸："你喝酒了？"

爸爸吃力地说:"没有。"说完又闭上了眼睛。

姐姐摸了摸爸爸的头,说:"那就是发烧了。"她伏在爸爸的耳朵边问爸爸:"要不要请医生?"

爸爸点了点头,等我走到门口时,爸爸又叫我回来,说:"别请医生了,要花钱的。"

我站在门口,这时想起了妈妈。我和姐姐一直认为妈妈是因为耽误看病才死的。我们已经没有了妈妈,我们不能再没有爸爸。这事不能听爸爸的,我得去请医生。

我到乡卫生院找到陈大夫,请他给我爸爸来看病。一路上,我和陈大夫边走边聊。陈大夫问我:"你爸爸怎么啦?"

我琢磨了一下说:"发烧,可能感冒了。"

陈大夫问:"流鼻涕吗?咳嗽吗?"

我想了想说:"好像不流鼻涕,也不咳嗽。"

陈大夫考虑了一下说:"那就不是感冒。再说,现在也不是流行感冒的时节。"

陈医生一进门,就盯上了我爸爸那只被玻璃划伤了的脚。他从药箱里拿出剪刀、镊子、酒精、药棉这些东西,三下两下就把包伤口的那只破袜子剪烂了。他一边剪一边问是谁帮爸爸包扎的。听口气不是说包扎得好,而是说不

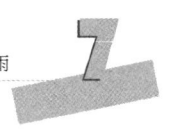

该这样包扎。因此，我们都不作声。

陈医生用酒精把爸爸的伤口洗干净，我看见爸爸伤口上的肉成了白色，周围红肿，里面着了脓。陈医生用刀把伤口割开一点点，让里面的脓排出来，然后把浸了药的纱布塞进去。他一边给爸爸上药，一边自言自语地说："你们真是乱弹琴，这么脏的破袜子也敢用它来包伤口，不发炎那才怪呢，也不怕细菌感染，得破伤风。"

我听了不作声，心想：这破袜子是我拿给爸爸的，假如是因为这只袜子使爸爸的伤口发了炎的话，那我就是罪魁祸首了。而且，我还把尿淋在了爸爸的伤口上，这可不能怪我，是爸爸硬要我这样做的，我说不卫生，爸爸不信。

陈医生抬起头，眼睛望着我说："先给你爸爸打几天消炎针试试看，烧退得下来就好说，假如不退烧，那还得往县医院送。"

陈医生忙了好一会儿，累了，想坐下来休息一下。他瞧了瞧椅子上的脏衣服，没有坐，仍然站着。

我知道，他是怕弄脏了他的白大褂。我就把脏衣服抱开，用手巾把椅子抹干净，然后请他坐。

他说了声"谢谢"才坐下来。他坐了一会儿，对姐姐说："多给你爸爸喝开水，按时给他吃药。"陈医生把药交给姐姐，又嘱咐她一天吃几次，每次吃多少片。

陈医生要走了，姐姐问他要收多少钱。

陈医生说："你们真是'屋漏偏逢连夜雨'，唉，算了吧，暂时记在账上，以后再说吧。"

陈医生走了，我问姐姐："没有下雨呀，陈医生怎么说我们家屋漏，又下雨呢？"

姐姐说："傻瓜，他是打个比方，说我们家本来就困难，爸爸偏偏又病了。就像屋子漏的人家，又碰上了下雨一样。"

这时我肚子饿得咕咕叫，才记起还没有吃早饭。一看时间，我拔腿就往学校跑。我一边跑一边想：姐姐还要做饭给爸爸吃，要烧水给爸爸喝，还要按时给爸爸吃药。她这几天又得待在家里，上不成学了，我真替她着急。我回头看了一下，看见姐姐站在那儿发愣，她一定为自己又要缺课而伤心。

谢天谢地，爸爸总算没有得破伤风，慢慢地好起来了。烧退了，伤口也不流脓了。这得感谢陈医生。他每天来给爸爸打两针，换一次药，而且分文未收。从不爱讲别人好的爸爸深受感动，那天向陈医生表示感谢。陈医生说："我们医生的职责本来就是救死扶伤、治病救人。用不着谢。"

爸爸动情地说:"让你来回跑,没收一分钱,连水也没喝一口。"

陈医生说:"你们家的困难大家都知道,现在要你上哪儿弄现钱去。这药费就先记在账上,等你有钱了就还上。卫生院经费也困难,赔不起。"

爸爸一再表示,等鱼卖了钱,马上送去。

陈医生看着我们说:"熬吧,过几年这两个孩子长大了,能出力了,你们家就好了。这两个孩子还挺听话的。特别是你家小艾,成绩好在我们乡都出了名了。别人家孩子不听话,成绩不好,大人就说:你也不和人家赵小艾学学。她们家那样困难,她一天要干多少活,成绩还比你好。也真是这样的,我来这么多次,每次来她都在做事,我也纳闷,这孩子什么时候搞学习啊?可她的成绩偏偏好。你说怪不怪。我要有个这样又听话,又会干活,成绩又好的女儿,就是累死也甘心。"

爸爸说:"是啊,我们家的希望就在这两个孩子身上,要是没有他们,我活着就没有什么意思了,早就跟他妈妈去了。"

爸爸的话让我明白又不明白,不过,我心里热乎乎的。感情上和爸爸好像又近了一步。

爸爸刚退烧，自己能摸着床边站起来，就主动让姐姐去上学。我跟姐姐说："这可能是陈医生的话起了作用。"

我们知道爸爸心里很着急，因为他好多天没到鱼塘边去看他的鱼了。陈医生不准他的那只伤脚下地，他只能一只脚在家里跳。

家里已经没有一根柴了，妈妈走了没人去砍柴，姐姐建议烧煤。爸爸认为只能这样了，到张旭家赊了两担煤，他爸爸给我们送了过来。舅舅打的煤灶终于派上用场了。

这段时间，爸爸一个人待在家里，没出去干活，心里老想着鱼塘。我和姐姐一回家，他就给我们分析，说今年别指望鱼塘里的鱼能卖什么钱了。一是鱼的产量不会很高，没钱买饲料，近几个月几乎没投放过精饲料，自从开学以后，鱼草也喂得少了，我和姐姐都要上学，光靠早晚割鱼草，能割多少？鱼不是光喝水能长大的。二是欠下的钱太多了，光贷款就不知能不能还完。

爸爸的脚好得很慢，陈医生再三交代，伤口好之前不能沾生水，假如再发炎，得了败血症，轻一点要锯腿，严重了性命难保。对陈医生的话，爸爸不敢不信，他有过教训，不信还真的不行。爸爸不敢乱来。

我和姐姐也背地里算过，爸爸说的没错，今年鱼塘里的鱼肯定肥不了，将来卖了鱼顶多能把贷款还清。不过能把贷款还清也是好事。我们家从来没有什么钱，这一万块钱的贷款就像一座大山一样压在我爸爸的头上，他一天到晚，担心还不上贷款，连睡觉都不踏实。从前不爱讲话的人，现在一开口就是鱼长了没有，鱼不长拿什么还贷款。我们的耳朵里面要长茧子了，再这么下去，我们担心他是不是会得精神病。

放学回家，爸爸的饭还没做好。他不大会烧煤炉，老是把火弄熄了。这不，今天准又是把火弄熄了，正在用木柴生火。大概柴不太干，怎么也烧不好，他拼命地摇动一把大蒲扇，扇得满屋子是灰，满头是汗，火却越扇越熄。

刚好张旭给我送作业本，看见我爸爸那狼狈样子，就说："到我家弄点废柴油淋上，一划火柴就燃了，一点也不费劲。"

他带我到他家叔叔放修理工具、柴油、汽油的小仓库里，把几根木柴在洗零件的柴油盆里浸了浸，让我拿回来。我把这几根木柴放进煤炉里，真的不费一点事就把火引燃了。

我说去张旭家灌一瓶废柴油来，下次火熄了就好办了。爸爸没有反对，也没说可以，只说床底下有个盐水瓶。

我在床底下找到了那个盐水瓶，又去了张旭家，让他给我灌一瓶子。张旭看了看盐水瓶，说："这个瓶子的口这么小，盆子里的柴油怎么灌得进去？"他站在那儿眼珠子一转，"这样吧，干脆灌汽油得了，汽油装在桶里，用抽筒一抽就抽上来了，不费力。而且汽油比柴油更好。"怎么个好法他没说，我也搞不清楚。

他说干就干，马上动手给我灌。说起来容易，做起来难。盐水瓶的口子小，抽筒管子大，灌不进去，下面再接一个漏斗，又不稳当，好不容易才灌了一点点进去，还不够半瓶。自从我妈妈死后，张旭和丁继先一样对我好，什么事都让着我，我有事要他帮忙，他一点也不含糊。

又放秋收假了。我家今年的晚稻是村长帮我们请人收回来的。要是不请人的话，那真的收不回来，会烂在田里。就算我和姐姐完成割禾的任务，谁来踩打稻机？打下的谷谁把它挑回来？挑回来了谁又去晒它。爸爸一只脚跳来跳去能干这些活吗？

请人是要付工钱的。村长和他们说好了，工钱暂时欠着，等鱼塘里的鱼卖了钱再付给他们。

听见村长和帮工说工钱的事，我偷偷地笑了。我们现在要干什么事老是说"等塘里的鱼卖了就付钱"，银行里的贷款在等鱼卖了还，欠丁继先家的钱说等鱼卖了还，欠医院里的药费说等鱼塘里的鱼卖了还，店里赊盐、洗衣粉、牙膏的钱也说等鱼塘里的鱼卖了钱还，上次爸爸到张旭家赊煤，也说等鱼卖了钱还。这鱼到底能卖多少钱，能干这么多的事吗？

收完晚稻天渐渐地冷起来了。爸爸的脚也慢慢好了。他又天天守到鱼塘边去了。有时，他还到城里去看看。姐姐说他一定是去打听鱼的价钱。

果然，那天吃晚饭时，爸爸高兴地告诉我们，他今天又去了城里，城里这几天鱼的价钱好，他准备提早放干鱼塘，把鱼捞起来卖个好价钱。

我问他准备卖给谁，爸爸说他正在找买主。有两个鱼贩子要买，但是没有现钱，要卖了鱼再给钱。

姐姐急了，插嘴说："那可不行，假如那鱼贩子以后不给钱怎么办？你又不认识他们，上哪儿找去？最好是卖给交现钱的，保险一些。"

我也认为姐姐说得对。

爸爸说："今天晚上，我上村长家去看看。村长外面熟人多，请他帮我们找个买主。他是村长，别人不敢骗他。"

一说起卖鱼，我高兴得怎么也睡不着觉。躺在床上老是估摸这鱼到底能卖多少钱,还了账还能不能剩下一点儿。要是还能剩,我就向爸爸提个要求,让他给我买支笔。我的笔漏墨水,写字时,手指上尽是墨水。我估摸,爸爸应该不会拒绝我这个要求的。要知道,今年我割了多少鱼草,堆起来只怕一个大房子也装不下。我忍不住想和姐姐说说话。可姐姐专心对付一道数学题,根本不理我。我又想等爸爸从村长家回来,听听村长答应帮我们找买主没有。但很晚了,爸爸还没回来,不知什么时候我睡着了。

早上,我还没睁开眼睛,用手一摸,就知道爸爸已经起来了。我也忙起来,打算和姐姐一块去割些鱼草撒在鱼塘里,过几天鱼卖了,它们就吃不上我割的草了。姐姐正在晒衣,回答说今天不行了,已经不早了,去割草会迟到,明天早点起来去吧。

爸爸正在生火,他见我起来了,告诉我说:"火又熄了。"

我把头伸过去看了看,引火用的木柴已经快烧完了,煤球还没有燃。我说:"爸爸,里面还有火,你再加把柴,淋一点汽油,马上会燃的。你的动作可要快一点,别老是让我迟到。"

爸爸咕咕哝哝地唠叨:"这鬼火,你说它是燃的吧,可它像就要熄了。你说它要熄了吧,它又还是有一点火。真是的。"说着说着,他就照我讲的,往炉子里塞了几块木柴,把装汽油的瓶子塞拔出来,想往炉子里倒一点汽油。就在汽油流出来的那一刹那,只见一个大火球从爸爸的怀里冲天而起,"轰"的一声巨响,震得桌上的碗都跳了起来。我的耳朵差点震聋了。煤炉上面一团大火,几乎要把房子烧着了!

烟雾中,我们看见爸爸倒在地上,姐姐尖叫一声不顾一切地向爸爸扑了过去。我也吓呆了,以为爸爸被炸死了,张开嘴巴,想哭却哭不出声来,想跑过去却挪不动脚。

爆炸声和火光惊动了左邻右舍,大家不知发生了什么事,一窝蜂跑了来。

张旭的爸爸反应最快,当他一闻到汽油气味,就马上顺手提了一只提桶,用最快的速度从我家前面的沟里提来一桶稀泥和水,倒在正在着火的炉子上。这才把火熄灭了。

火一熄灭,我们这才看清,爸爸满脸是血,右手的手掌炸烂了,一只袖子炸成了碎片。他躺在地上一动也不动,也不知是死是活。我六神无主,不知所措。

姐姐马上让人去找村长,请医生。村长来了,解开爸爸胸前的衣扣,自己跪在地上,把头贴到爸爸的胸口上去听。他一爬起来,就果断地指挥人把被子垫在一张大椅子上，几个人把我爸爸抬到椅子上，大伙抬的抬，扶的扶，就往公路上跑，截住一辆大卡车，把爸爸弄上了大卡车，还有几个人也爬了上去，村长也去了。

我不知他们要把爸爸弄到哪儿去，担心他们就是这样把爸爸埋了，我哭着叫着也要爬上去。村长在车上对我们大喝一声："上来干什么，还不快点去清点东西送来。"在村长的指挥下，车子开动了，它带着屁股后面掀起的灰尘一溜烟地走远了。

村长的斥责把我们的哭声堵回肚子里，我蒙了，既没搞清他说的什么，也不知道自己这时到底该怎么办。脑海里老是闪现爸爸脸上那通红的血，那无力垂下的右臂，我不得不这么想：爸爸已经死了。我看了看姐姐，她咬着嘴唇，比我冷静。

我们坐在门槛上，望着路上来来往往的人，却似什么也没看见，什么也听不见，头脑里面什么也不会想，像个植物人一样。

陈医生来了。我告诉陈医生爸爸被抬上汽车不知送到哪儿去了。陈医生让我们安心，说一定是送到医院里去了。

陈医生看了看还在往地上淌稀泥的煤炉子，捡起一片碎玻璃，说："这事也只怪你爸爸没知识。汽油见火就着，炉子里还有火，能这样去倒汽油吗？这不是自找苦头吃嘛。唉，没有知识真可怕。"

我懊悔极了。照陈医生这样说，是我害了爸爸，因为是我叫爸爸这样做的。自从我上六年级以后，爸爸一有关于电啦机械啦这些方面的事，自己搞不清就来听听我的意见，他认为我读了书，比他懂得多一些。这次是我瞎出主意，要爸爸往火上淋汽油。我低下头，一屁股坐在地上。

陈医生说，村长他们走得慌张，什么也没带。村长一定是要姐姐收拾爸爸的东西送去。我们一想，他说得有道理。姐姐马上整理了爸爸的几件衣服和洗漱用具，步行到县城去了，让我在家等候消息。

下午姐姐就回来了。路上，她碰到了张旭家的大卡车，张旭的叔叔把她捎回来的。她说爸爸正在手术台上抢救，村长让她回来给村委们捎话，让村上的干部赶快送钱去。说要是没办法弄到钱，就带人去写簿。

写簿就是让人捐款。一个村干部带着我，一个村干部带着姐姐，分头挨家挨户去写簿。每到一家，村干部就讲明我们的来意，请他们伸出援助的手帮我们一把，然后把一个本子递过去，让他们自己写捐多少。

几乎所有的人家都在簿上认了捐，多的三五十块，少的五元十元。他们把钱交给我，把本子还给村干部。到后来，不用村干部开口，大家接过本子就写。我非常感谢这些叔叔、伯伯、婶婶、奶奶们，他们可是来救爸爸命的啊，这是救命钱啊。我发誓：我长大了一定要挣钱还他们，一定要像他们一样为别人做好事。一个下午，我收了一千多块钱，姐姐收了一千多块钱。张旭的叔叔连夜开车把我姐姐送到医院去，把钱交给村长。

直到很晚了，村长才回来。他告诉我：爸爸没有死，已经动了手术住进了医院。姐姐暂时不能回来，她要在那儿照顾爸爸。

村长怜爱地对我说："孩子，现在家里就剩下你一个人了。你自己照顾自己吧。要是愿意的话，你就住到我家去，我们家不缺你那口吃的。"

听到爸爸没死的消息，我舒了一口气，紧绷着的神经才松弛下来。我像干了不知多长时间的活一样浑身无力，瘫了。我已经没有劲回答他的话了，什么都懒得讲，坐在地上不动。

丁继先他们跑来看我。他们叽叽喳喳说中午就来过了，我当时呆了、傻了，不理他们，像个泥塑。吓得他们不敢走拢来，只敢远远地瞧着我。

丁继先的妈妈来了，她说："赵胜阳，你就住到我家来吧，和丁继先一块儿住楼上。就当我的儿子算了，多一个儿子我还更高兴呢。哦，你一天还没吃饭吧？从早上起，你就坐在这儿，整整一天了。来来来，上我家去。"她不由分说，牵着我的手往她家拖。丁继先和张旭他们在后面推。

走到半路上，丁继先说："忘了关门了。"

我心想：我家还什么东西可偷，那些破烂送人人家都不要。但我还是回头望了一下，只见姐姐的书包挂在大门上，孤零零地垂在那里，这是姐姐早上起来准备好去上学的。她准备书包的时候准没有想到她今天又要缺课。早两天她还说，她最怕缺课，中学不比小学，缺了课就跟不上班里的进度。特别是数学，前面的没弄懂，后面就更听不懂。我又转回来，把姐姐的花书包挂到里屋的墙上。

坐在丁继先家的饭桌上，我确实觉得肚子饿得咕咕叫，但心里堵得慌，一点东西也不想吃，扒了两口饭就放下了碗。

晚上，我没睡在丁继先家，一个人睡在自己家的床上。家里虽穷，什么值钱的东西也没有，但这毕竟是我的家。姐姐让我守着家，我就要在家守着，让爸爸和姐姐放心。

晚上没有电，我也没有点灯，家里和外面漆黑一片。

我和衣倒在床上，胡思乱想。我庆幸爸爸没有死，要不然，我现在就是孤儿了，我和姐姐不能上学了。爸爸受了伤会好起来的。爸爸出院回来，把鱼卖了，还了账，我和姐姐还能读书。明年天气暖和了，我还要去捉鳝鱼挣学杂费。想到这里，我又看到了希望，我麻木的神经慢慢地恢复过来了，力气又慢慢地回到我的身上了。

朦胧中，我知道丁继先来了，和他一块儿来的还有他的妈妈。他妈妈给我端来了糖开水。我喝了后觉得身上发热，心里也发热，我流下了感谢的眼泪。我趁屋子里没有灯，悄悄地把眼泪擦了。

丁继先把打火机打燃，找到了我们的煤油灯，点亮了灯。丁继先妈妈安慰我，说爸爸只是一点点外伤，过几天就会好。他们母子俩陪我坐了好一会儿才走。

丁继先前脚走，张旭后脚就进来了。他说他来了好一会儿了，没进来。他爬到床上，坐在我的对面，我们拥着被子说话。

"赵胜阳，这事我也有错，我不该给你汽油的。不然，就不会发生这样的事。好在只给了你半瓶，假如给了你一满瓶的话，那爆炸起来力量更大，那就不得了了。"原来张旭是来做检讨的，见屋里有人没进来，不想让人听见。

讲良心话，这事怎么能怪张旭呢？他是一番好意，是我们自己不懂，才发生这样的危险事。他那天是告诉我用木柴沾点油去烧。怪人要有理。我没理会他的话，只问他："张旭，你说说看，这汽油放在外面烧不爆炸，为什么装在瓶子里，一沾火就爆炸？"

张旭抓了抓头皮，想了想，也说不知道。他只知道他叔叔从来不在放了汽油的仓库里吸烟。也不许别人在里面吸烟。他亲眼看见过他叔叔把在里面吸烟的人骂了出去。

我们谈得正起劲，张旭的妈妈喊他回去睡觉，他只好乖乖地回去了。

这段时间，我吃饭倒不是问题，不是东家施，就是西家给。只是一宗不好，人家老爱问我家的事，从妈妈上半年生病问起，问到这次爸爸出事。大多是大婶大妈问。而且，她们还做出一副可怜我的样子，真让人受不了。于是，我干脆哪儿也不去，自己做饭自己吃。中午硬是来不及，就到丁继先家去吃，他爸爸妈妈特别忙，没时间来和我说闲话。

渐渐地，我从人们的谈话中也听到了一些消息。乡长很关心我爸爸受伤的事，听到消息后，亲自找到民政局，把我家的情况向民政局反映了，请求民政局帮助解决。民政局答应用今后的特困基金和年底的困难救济金解决一部分。乡长有了民政局这句话,就让村长到信用社贷款给爸爸住院。至于爸爸的伤势,他们从来不当着我的面说。

那天有人去城里,说他会去看我爸爸。我托他把姐姐的书包带去,我知道,姐姐又缺课了,心一定很着急。姐姐没有书,在医院里待着没味,只有书,能使姐姐快乐,只有学习是姐姐最爱做的事。

那天一大早,村长来了,对我说:"赵胜阳,今天不要去上学。我在医院里和你爸爸讲好了,今天你们家的鱼塘放水捞鱼,卖给城里的胡老板。钱就用来还贷款。上午鱼塘放水时,你就在塘边上守着,不要让别人偷鱼。下午出鱼时,你就站在秤旁边,他们称,你就记下每担鱼是多少斤,共有多少斤鱼。最后和胡老板对个数。"

近来,王老师几乎天天表扬我,说我家里接二连三发生意外,我还坚持天天上学。因此,我不想缺课,不能老师刚表扬我就缺课,让人说我经不起表扬。我对村长说:"我不管,我要上学。"

大概我的话说得太冲,村长听了我的话,一愣,瞧了瞧我说:"孩子,现在你们家就你一个人在,你们家卖鱼,你不在场说得过去吗?你要是去上课,我可随便叫一个人来帮你记数,等下少算你们家几百斤鱼,吃了亏可别怪我。"

我在心里衡量了一下,家里卖鱼到底是大事。一家人一年到头,起早摸黑,盼的就是这一天。现在爸爸和姐姐不在家,让我去看秤、记个数都不肯去,如果那个胡老板真的弄鬼,少算我们的鱼,那才冤呢。今天就是缺课也是有特殊原因,王老师不会批评我的,不过得请假。我马上跑到丁继先家,让他帮我请假。并再三跟他说,要在王老师面前把话说清楚,我这不是故意缺课。

吃了早饭,村长和几个人把我家鱼塘的放水缺口用锄头挖开,用竹编的帘子把缺口挡住。这样,水就从缺口流出去了,鱼被竹帘子拦住,跑不掉。

一个上午,我就像尊塑像一样坐在缺口边,一是守着竹帘子,不让它被水冲走或是冲倒,假如竹帘子不起作用,鱼就会跑光。二是守着不让人偷鱼。其实这也是做个样子的事。周围十里八里的人,谁不认识谁呀,没人来偷鱼的。

吃午饭的时候,村长给我端来了饭菜。说这儿不能离人,我就不要回家做饭,吃他家的算了。

这时,我不无担心地问村长:"这鱼塘里会不会没有鱼?放了大半塘水了,还不见鱼?"

村长安慰我说:"不要着急,心急吃不了热豆腐。还要放干一些才能看到鱼。这缺口是小了点,要让水流得快一点,天黑之前一定要把鱼捞上来。"说着他跳了下去,把缺口挖大了一点,水流得更快了。

村长没说错,当塘里的水大概只有两尺深的时候,鱼在塘里待不住了,纷纷跳出水面来瞧外面的世界。这时鱼塘里可热闹了。一些鱼儿跳起来,一些鱼儿落下去,好看极了。多少天的不快乐都让鱼儿们赶走了,我的心情也开朗多了,不自觉地笑了起来。

塘里鱼儿热闹,塘边上也来了不少看热闹的人。我估计村子里能来的人都来了。他们被这情景吸引住了,都舍不得回家,大人乐,小孩笑,像过年一样热闹。

塘里的水放到只有几寸深时,鱼儿不跳了,只见薄薄的水下乌黑的一片鱼脊背,每一个脊背就是一条鱼啊。

是时候了,村长一声令下,几个大汉跳进鱼塘,把一条条鱼往筐里装。装满了一筐就抬上来,由胡老板过秤,也就是称重。

村长交代胡老板说,每一秤都得让我瞧一瞧,然后由我记数。后来我发现,虽然我在记数,胡老板自己也在记。我的记在纸上,他的记在本子上。我有一点不高兴了,胡老板不相信我吗？我可是六年级的学生，明年就读初中了，记几个现成的数难道还记不清？数学课上我们已经学了工程问题、行程问题，这两位数的加法也怕我搞错，太小看人了吧？

突然有人喊："他们把鱼抢走了。"

我抬头一看，只见有两个人，一人搬了一筐鱼，不到我们这儿来称，却往另一条路上跑。

村长跑了过去，紧紧抓住鱼筐不让他们走。那两个人还振振有词："赵家欠了我的钱，老赵早就说卖了鱼还钱。他自己不在，我就搞点鱼去算了。"

村长说："老赵不是讲了卖了鱼还钱给你吗？鱼还没卖，拿什么还给你？再说，有账跑不掉，他欠你的钱还钱，你不能趁他不在抢他的鱼，这是犯法行为。"

村长的话全在理上，那两个人只好放下鱼筐。村长马上叫人把鱼抬到我们这边来了。

我心里明白，那两个人是见我爸爸住院，怕不还钱，不如搞点鱼算了。但是，村长要卖了鱼去还贷款，贷款是他担保的，哪里肯让他们把鱼弄走。

天快黑了，塘里的鱼也快捞完了。一共捞了54筐鱼，每筐在四十到五十斤之间，一共2463斤。可胡老板说他的本子上只有2373斤，相差90斤。

我坐下来，和他一个数字一个数字地对。结果是他少记了两筐。

胡老板不相信是自己错了，说可能是我多记了两筐。我正不知要怎样才能使他相信我，这时旁边的人出来说话了，他们说我的数字是正确的，他们在旁边看着的。有人说：这孩子做事扎实，用心，不会错。也有人说胡老板东走西走，不时和人说话，开玩笑，难保不漏记。

我听了很高兴，不光是几十斤鱼的事，也为大人们夸奖了我。

我们捞完以后，小孩子们就可以下塘"放乱"了。放乱时谁捉的鱼就归谁。不过没有大鱼，最大的也就几寸长，大都是寸把两寸长的没开眼睛的小鱼。过去，我也去参加人家塘里放乱的事，挺有趣的。今天，我们自己家的鱼塘放乱，我作为家里的代表，有大事要干，不能下塘去和他们一起玩，心里痒痒的。

2463斤鱼，每斤按3元卖给胡老板，一共可以卖7389块钱。胡老板财大气粗地说："看你辛苦一天，就给你7400块钱好了。"说着，他从皮包里掏出钱出来数。钱由村长收下了，由他代爸爸去还银行的贷款。

贷款连本带息要还一万多块钱，这7400块钱还贷款还不够。

村长说："还算好，贷款可以还三分之二。早几天，我还真担心鱼塘里的鱼跑了，卖不到一分钱，那欠下的贷款就没法还。那就苦了我，这笔款子是我作的担保人，如果他家还不起，那就得我帮他还。"他没有提我家另外欠他个人的钱要从中扣除，也没说要扣承包费。

鱼款全还贷款了，还欠银行两千多块。欠商店、医院、帮工的那些七七八八的钱，提都不要提，根本没法还。家里的事，本来由大人管，我们小孩子不必操心，问题是家里没钱，我的学杂费就没着落。冬天没有鳝鱼捉，明年上半年的学杂费到哪儿去弄？明年我读六年级下半学期，小学就要毕业了。总不能功亏一篑，最后一个学期不读完，小学毕业证就没有。那五年半不白读了？我焦急地盼望爸爸回来，看能不能从村长那儿要点卖鱼的钱回来。这么多天了，爸爸的伤也该好了吧。

爸爸终于回来了。在我们要举行期末考试的前几天回来的。他回来时我们刚好中午放学。

爸爸的模样把我吓了一大跳，他不是从前的爸爸了，他完全成了另外一个人，一个让我感到陌生、恐怖的人。

他的脸就像一个坏柿子又被人踩了一脚那样糟糕，坑坑洼洼，疤头疤脑，没有一寸皮肤平整。两只眼睛只剩下两个深深的坑，里面已经没有眼珠，他看不见了。以后干什么都靠手去摸，更不幸的是他的右手没有手掌，光秃秃的手臂，让人害怕。

当姐姐一手提着塑料袋子，一手搀扶着爸爸向我走来时，我真的吓傻了。我做梦也没想到爸爸会成这副样子，也没人告诉我爸爸成了残疾人——样子可怕的残疾人，一时间我无法接受这个事实，我蒙了。

姐姐对我直眨眼，意思是让我上去叫爸爸。我站在那儿不动。姐姐急得直皱眉头，张开嘴巴不出声地说："叫呀！叫呀！"

我怎么也叫不出口，直往后面退。

姐姐把爸爸扶进屋里，搬来椅子给爸爸坐下来。村子里的人闻讯都来看望爸爸。

要是往常，我们家谁病了，他们来看病人，我会认为他们是一片好心，是关心我们家，我会受感动的。但今天我不这样想，爸爸成了残疾人，我不愿别人看见他这副怪模样。我只好发无名火，拿个扫帚扫得满屋子是灰，大声吼别人："走走走，都回家去，看什么，要吃午饭了。"

爸爸正和来的人说话,听见我的吼声,就停了下来。姐姐责备我说:"赵胜阳,你怎么能这样呢?"

来看爸爸的人见我对他们反感,都走了。只有一些小孩子,躲在门外偷偷向里面张望,我火冒三丈,跑过去用脚踢他们,把他们赶走了。

我没和爸爸讲一句话,也没吃午饭就上学去了。整个下午我没开一句口,不理任何人,也没离开座位,上课老师讲的什么我也没听见。

傍晚放学回家,家里已经坐了几个人,其中就有那两个要抢鱼抵债的人。爸爸正在和他们说:"鱼钱已经由村长替我全部还了贷款,要从他手上拿些出来是不可能的,村长不会肯给我的,因为,贷款还没有还清,还欠两千多块钱。我们家里的情况你们也看见了,吃的在口里,穿的在身上,一个现钱也没有,水洗了一样穷,我现在拿什么还你们?当然,我欠了你们的钱,这我不否认,也应该要还,等我有了钱一定还你们。"

听了爸爸的话,那两个讨账的一个不说话,一个说:"谁知道你什么时候有钱?"

"反正有钱就还你们,难道我还能赖账?"爸爸无可奈何地说。

那两个人见实在没有什么油水,再逼也逼不出个结果,要不到钱,只好垂头丧气地走了。

吃了晚饭,我没做作业就打算去睡觉。爸爸坐在床上,听到动静,知道我进来了,就说:"胜阳,上床来吧,我们好好说说话。"

我无声地爬上床,坐在他的对面。

他摸到了我的脚,知道我坐好了,把脸对着我说:"孩子,吓着你了吧?从我回来你不肯叫我,我就知道一定是我样子丑,吓着你了。不要怕,爸爸样子变了,人没变,还是你过去的爸爸。"他停了一会儿又说:"在医院里,我一醒过来,就知道我的右手没了,那时我还没想到要死,我认为还有一只手,一双脚,我能干活。后来医生告诉我,我的眼睛没办法治好,要动手术挖去眼珠,会成为瞎子。这时我想:今后我什么也看不见,什么也不能干,比死还难受,活在世上还有什么意思?我绝望了,想到了死。"爸爸停了下来,这时屋子里一点声音也没有,只听见外面的风吹得树叶"沙沙"地响。

我一抬头,不知什么时候姐姐进来了,也站在床头听爸爸说话。

过了好久,爸爸沙哑着声音说:"我几次摸到窗户前,真想从窗户跳下去摔死算了。每到这时，我就会想起你们。我不能丢下你们不管啊。我想：我不能死，我的两个孩子还没长大，我的责任还没完成。虽说我现在成了残疾人，不能干活，但我的脑子没有坏，还会想事。能帮你们出主意。再说，我到底是个大人，有我在，你们才有主心骨，这个家才不会散。我死了，你们怎么办呀。这样，我才活了下来。"

"爸爸，你不要说了。"姐姐哭着用手去堵爸爸的嘴，不让爸爸说下去。

我也不知什么时候流下了眼泪，"爸爸！"我内疚地叫了一声爸爸。爸爸听了激动得颤抖起来。

"你们知道这么多天我睡在医院的床上想些什么吗？我天天老想一个问题，我们家为什么这样穷？我们家穷确实是因为我没本事，没本事是因为没文化、没技术。你看，丁继先他爸爸有文化，能种蔬菜卖钱。张旭他叔叔有技术会开车，也能挣钱。开商店的老张，能说会算，也能挣钱。王皓的爸爸有文化能出去打工。要是有知识，你妈就不会吃夹竹桃的叶子；有知识，我就不会把汽油往火上倒，就不会发生爆炸，我就不会成残疾。你舅舅的话没说错，要想有出息，就得读书。我这一辈子是完了，彻底完了，可是你们不能再像我这样过一辈子。你们一定要好好读书，不管多困难都要读书，哪怕天上落刀子，也要读书，只要学校不开除你们，你们就一直读下去。读完小学读初中，读完初中读高中，读完高中读大学。小艾明天就上学去。"

爸爸终于明白学习的重要性了，只不过是不是太迟了？也许还不算迟，我们正是学习的好年龄。

"爸爸，我的好爸爸。"姐姐泣不成声地叫道，扑到爸爸身上，"爸爸，你放心，我会安排好时间，做好家务，又不放松学习的。"

8 滑向深渊

学校规定学生今天到校去拿成绩单,从明天起放寒假。

早上,我赖在被窝里不肯起来,因为昨天晚上下了雪,外面一片白茫茫的,很冷。爸爸用脚抵我,说:"快起来,不然会迟到。"

我爬了起来,站在房间里就觉得冷,外面就更不用说了。我的棉衣去年就短了,今年人长高了,衣服没长,连肚子都遮不住,丁继先常用手去戳我的肚脐眼。他们只觉得好玩,没想到风会从衣下面往身上钻,没想到我会冷。

鞋子好久没洗,里面很脏,光溜溜冷冰冰的。我想找双袜子穿上,看能不能暖和一点。但找到的几只袜子都是烂的,我的脚指甲把前面钻了好多大洞,没法穿了。我想把那些破袜子的前面打成结,那结又碍着穿鞋子。我只好打赤脚穿胶鞋,冷得我牙齿打战。

下雪天的路比下雨好走。雪把我的脏鞋子擦得干干净净,一点泥巴也没有。只是里面还是那样脏,没办法。

到了学校里,王老师一眼就看到我没穿袜子。她把我叫到办公室,问我说:"没穿袜子吧?"

我说忘记了穿。

王老师不相信我说的,她说:"今天天气冷,我怕脚冷,特意多穿了一双袜子。你看,你一双都没穿,这也太不公平了。来,我脱一双给你穿。"她边说边脱下一双袜子递给我。

我摸着这双带着王老师体温的袜子,说不出话来。这时,我想起了妈妈,只有妈妈才会把我的冷暖放在心上,才会宁肯自己受冷也不会让我冻着。也只有心怀无私母爱的人才会这样对待学生。我真想叫她一声"妈妈",但我没有叫,叫不出口,我还怕她不认我这个儿子。

成绩单发下来了,我的各科成绩比上个学期进步了一点。王老师望着我笑,她肯定记得我去年的成绩。我默默地下决心,下学期一定和姐姐一样刻苦学习,不辜负王老师对我的一片心。

回到家里,看到的却是姐姐满面愁容。这次考试对她来说，太不公平了。她一个多月没上课，却要和别人考一样的题目，能考得过别人吗？她又不是天才，不学也懂。她考不好是意料中的事，但要强的她拿到有两科不及格的通知单时，还是哭了。

她的数学成绩好，得了98分，只扣了两分。是他们年级的第一名，这是因为妈妈死之前，她已经自学了一部分。在医院里她只要有时间就看数学书，落下的功课不多。

老师都安慰她，还答应寒假帮她补课。可是，老师愿意牺牲休息时间给她补课，姐姐却不得空，没有时间去补。现在家里能离得了她吗？她现在是家里的顶梁柱，什么事都靠她。她才十四岁，要挑起我们家的重担，我可怜我的姐姐。

要过年了，家里除了米，一无所有，这年怎么过？

年前，村长带着村委们来了，送来了几百块钱，两床棉被。望着棉被我想：要是送来的是件棉衣，那就更是雪中送炭了，我现在多需要一件棉衣啊。张旭去年买了棉衣，今年他叔叔又给他买了一件太空服。我也不奢望像他那样，只要一件就够了，最好厚一点，暖和就行了。我不能和张旭比，他是独生子，他们家就他一个宝贝疙瘩，除了天上的星星月亮，他要什么他家里就给他买什么。

张旭妈妈要把张旭的旧棉衣给我穿,我不要。昨天张旭还穿在身上的棉衣,今天穿在我身上,会引来多少人的目光。我害怕这种目光,宁可受一点冻,也不能让人看不起。

这天,村上的电工来了,给我家装上了电灯,并说,不要操心电费,什么时候有钱什么时候交。

村长和那两个电工一块儿来了。村长顺便问爸爸明年鱼塘还包不包。

爸爸挺干脆地说:"不包了,我这个样子是没法养鱼的。今年养鱼亏了,贷款都没还得上,让你在人前不好做人,丢面子了。"

村长说:"养鱼还是没有亏的。问题是你把胜阳他妈治病花的那几千块钱也算进成本里去了。如果除去那几千块钱的话,哪怕你投入得再少,今年你们还是赚了一点的。"

爸爸也同意村长的说法:"那倒也是的。纯粹养鱼是没亏的。唉,我们家今年不知背什么时,倒霉的事一桩接一桩,叫人喘不过气来。"

村长再一次和爸爸敲定鱼塘的事:"鱼塘你家不包,我们可要包给别人了。"

爸爸有什么话要对村长说,几次话到嘴边又吞了回去。

最后，他挺内疚地问村长："医院里的账怎么搞的？他们没逼你吧？"

村长说："你进院交的那三千块钱有两千是村上人写的簿，一千是借了信用社的，民政局和乡上已经解决了。后来还欠医院一千多块钱，反正人已经回来了，他们医院也没办法。将来再说了，你别管了。"

这怎么行呢，假如住院的人都像我爸爸一样，治了病不给钱，那医院怎么开得下去？大人讲话是不许小孩子插嘴的，我不敢作声。

村长问爸爸："你的眼睛还痛不痛？医生让你回来后天天吃药，吃没有吃？"

"还有一点痛，不碍事。带回来的药吃光了，也没再去买药吃了，哪来的钱。"

我这才知道，爸爸眼睛里还有一些碎玻璃碴无法清除干净，因为玻璃是透明的，手术时有血，根本就找不到它们，假如是铁屑的话，可以用磁铁吸出来。医生还在想办法，是爸爸自己闹着出院的，他怕欠多了账。

爸爸说："我想把几亩田也交给村上，我们家种不了。我看不见，两个孩子要上学，没人种。"

村长想了想，说："这事你自己再慎重考虑，你们把田交了,就没有粮食,你们一家三口吃什么?我估计,你们家也就剩下明年上半年的口粮了,明年下半年你们怎么办?喝西北风去?"

爸爸低下头不开口。

村长继续说:"我也知道你们家小艾会读书,也想读书,但遇上这样的事有什么办法?我看,你们家的田不交的话,平时让小艾管管,我们让农技员也常上你家田里看看。插田扮禾时,我们村委会的几个都来帮忙。这样才能解决你们家的吃饭问题。不然,你们怎么生活?"

姐姐在一边听了这话,插嘴说:"你的意思是让我回来种田?"

村长一副有话不好说的样子,又不得不回答说:"我没有要你辍学,我只是为你们家着想,为你们家打算,因为你们的田不能交,交了就没有生活来源。如果种的话,农忙时我可以帮你们,但平时得有个人管,水淹了要放水,没水了要浇水,要施肥,要杀虫。有钱可以请帮工,你们家又没钱。有钱请人有些事也来不及的。"

姐姐考虑了一下,口气很果断地说:"谢谢你们为我家考虑。但是,我是不会辍学的,我坚决不辍学。"

这话让村长脸上下不来,他们几个人也都说要过年了尽是事，走了。

他们走了，姐姐对爸爸说："你答应了我，坚决不让我辍学的。"

爸爸叹了口气说："这个家今后就靠你了，我残疾了，你弟弟还小。该怎么办，你自己拿主意。"

"就是天塌下来，我也不辍学。"姐姐再一次向爸爸表示她的决心。

爸爸也再一次表态："你自己做主吧。"

这几天，村子里家家开始忙着过年的事，我们家冷冰冰的。爸爸和姐姐都心事重重，不开口说话。

爸爸怕人来讨账。我们这儿的风俗，要把欠人家的钱还清过年。欠账人不自觉的话，债主可以上门去讨，一直讨到大年三十除夕的晚上。过了年，到了初一就不准讨了。所以，爸爸坐在床上竖起耳朵听门外的动静，门外一有脚步声，他就着急地叫我："胜阳，去看看，是谁来了？"

也许人家都知道我家困难，来讨也是白来。也许是人家心肠好，怕我们为难，放我们一码。反正讨账的倒是没来一个，爸爸空着了一场急。

姐姐天天在考虑明年上不上学的事。她当然不愿意辍学。可她如果不回来种田，到明年下半年，我们没有收成，全家吃饭都成问题。她真是左右为难。

那天，姐姐找出了舅舅的地址，给舅舅写了一封长长的信，信上说的什么她不让我看，但我猜得着，无非是向舅舅求援，或者是要舅舅给她拿主意。信发出去好多天也不见回信。她又写了一封寄出去了。一直到大年三十，也不见舅舅的回信。

平时很少到我们家来的几个姑姑年前来了，给我们送来了肉和鱼。她们说了一些安慰话就走了。

要过年了，姐姐用村上送来的救济款买了一些油、盐，鱼、肉是姑姑送的，用不着去买。还买了一些水果和副食品。这些东西摆在桌子上，让我觉得过年的东西都有了，过年不就是能吃上肉和鱼吗？

除夕的那天上午，丁继先送给我一个小小的手电筒，这个小手电筒上的灯泡是红的，灯泡上还可以套上一个盖，另外还有一盒这样的盖。盖子上有的画着孙悟空，有的画着飞碟，有的画着机器人，反正套上什么，对着墙上射去，墙上就现什么，特新鲜有趣。

丁继先把它送给我，他妹妹不依了。丁继先跟妹妹说："你想想，我们今天晚上看春节联欢晚会时，胜阳哥哥干什么呀？他家没有电视机。你这人怎么这样自私？"

我默默地把激光手电塞在丁继先妹妹的手里就回家了，再怎么着我也不能和丁继先的妹妹争一个玩具呀，她才多大，我不想争。

除夕的晚上，姐姐也像去年妈妈那样，用砖头在房子中间围了个地炉子，想烧一盆火。但没有足够的柴，火怎么也烧不旺。

这时我又想起了妈妈。去年除夕，妈妈就烧了一盆火，我们四个人坐在火边分吃苹果。虽然东西不多，多幸福啊。那半个苹果多香、多甜。今天晚上也有苹果，姐姐挑了个大的给我，我几口就把它吃了，可就是没有吃出去年的味来。

因为家里没有电视看，火又不旺，坐在那里冷清清的，我和爸爸很早就睡了。睡在床上听到不时传来的爆竹声，我想：什么时候我也买些花炮放放，那一定很有趣的。我胆子大，不会害怕的，姐姐胆子小，就是有花炮，也一定不敢放。到时候我就捉住她的手，让她躲在我的身后放，让她也过过瘾。

半夜里，我起来小便，看见姐姐房间里还有灯光。姐姐趁今天晚上有电，正坐在床上学习。床边上放着她的书包，被子上摆满了书。因为冷，她穿着棉衣坐在床上，还围着围巾,不时把手放到嘴边哈气。

我真正被她这种好学精神感动了。下学期,她是不是能上学还没定下来,要是她不上学,她这不是白忙乎了吗?

正月间,我和丁继先、张旭他们一块儿玩疯了。姐姐哪儿也没去。每天除了做饭,服侍爸爸,其他时间都在家学习。

那天,我在张旭家玩,他妈妈留我在他家吃饭。我也没客气。我知道他们家不嫌我,关心我,他们家的伙食比我们家不知好到哪儿去了。

饭桌上,大家一边吃饭,一边谈我们家该怎么办。我本来不想说话,想抓紧时间多吃几块肉。但他们的热心肠让我不好不回答他们的话。

他们问我爸爸平时在家能不能帮我们干点什么。我那天开玩笑,偷偷说我们家三个人,只有四只眼睛五只手。姐姐把我骂了一顿。爸爸不但不能做事,好多时候还得我们服侍他。早上要给他端尿盆子,要牵他上厕所大便。要给他洗脚。要不是姐姐给他找了一个勺子,让他自己摸着用勺子吃,连吃饭都要人喂。

我告诉他们,村长让我姐姐辍学回来管理家里的几亩口粮田，姐姐想读书，不想辍学。

张旭的爸爸说："你姐才多大，就是回来能干什么？你们家也没见什么有钱的亲戚，你几个姑姑家也一般，不富裕，不过，你有一个舅舅在北京工作，你们写信找他去呀！"

"写了，写了好几封呢，就是没有回信。"我说。

"地址对不对？地址写错了是收不到的。"张旭的叔叔说。

"地址肯定没错，以前我们写过信的。"

"那就等等吧，可能工作忙，没时间回信。"大人都这样说。

果然，过了几天，我们收到了舅舅汇来的500块钱和信。姐姐把信念给爸爸听。

信上说："听到你们家发生了这么多不幸，非常难过。我自己有能力的话，应该尽力帮助你们。但是我们刚刚在北京买了房子，北京的房子很贵，每个月要还不少房贷。有了女儿妮妮后，又请了保姆照顾她。所以，一个月下来，基本上没有结余。这里500块钱给你们做学杂费，书一定要读，不能辍学。"

他又说："你们家的情况很特殊，妈妈死了，爸爸残疾了，你们都还未成年。你们可以去找一找当地政府，寻求政府的帮助。"

信里还附上了他帮我们写的困难申请报告。

看了舅舅的信,我们三个人都不开口,沉默下来。

半天了,我问姐姐:"把报告交给谁?"

姐姐说:"交给村长吧。我们只认识村长。"

姐姐和我把舅舅帮我们写的报告交给了村长。村长看了报告,说他会帮我们送上去,有了结果再告诉我们。

回到家里,姐姐像个大人一样和我说:"胜阳,这两天我想了很多,自己的困难靠别人是不行的,主要得靠自己。别人都有自己的事,我们不能像藤一样老缠着别人,依靠别人,离开别人就活不下去。我们要像树苗一样,挺直腰杆成长。我们一定要坚持上学。我们不但要上初中,还要上高中,上大学。开学了,我们就上学去。"

这个学期是我在小学的最后一个学期。

我刚一到学校,王老师就告诉我,学校已作出决定,全免我的学杂费。她带我到总务老师那儿开了张条,领到了新书。

郑琨没有来上学,听说他奶奶去世了,他妈妈改嫁到别的地方去了。他和妹妹跟着妈妈走了。不知他还能不能上学。

才上了几天学,困难一个接一个出现。原来那些不以为然的事,现在成了我们的难题。

以前,我们天天到菜园子里割菜,摘菜。也看到过爸爸妈妈种菜,有时还帮他们去浇菜。反正一年四季,家里的菜园绿油油的,什么时候去都有菜。今天早上,姐姐空着手从菜园子里回来,菜园里的最后一棵菜也吃掉了。我们这才想起要种菜,可是已经迟了,来不及了,马上就没有菜吃了。

姐姐默默地把米淘好放在锅里,把饭煮熟,盛在碗里,扶爸爸过来吃饭。这顿饭,我们三个人没说一句话。直到姐姐洗碗了,才问爸爸现在该种什么菜。

爸爸说:"现在吃的莴笋、白菜、大蒜去年就应该种。现在该育辣椒、茄子的秧子。等秧子长大了再栽。我眼睛看不见,你们哪里会育秧种菜啊。唉……"

姐姐对我说:"胜阳,放学早点回来,我们先把土翻过来,整平,买些种子来育上。"

看事容易做事难。平时爸爸妈妈种菜也不见得有什么了不起,自己干起来才知道多难。

今天轮到我值日,直到太阳快落山了,我才回来。我回来时,姐姐还没有到家。等到姐姐回来,天已经黑了。

我们吃了饭，姐姐就催我和她一块儿去翻土。别看外面黑，连月亮也没有，等你在黑暗里站的时间长了，眼睛适应了黑暗，也能勉强看得见的。问题是我们的力气太小了，一锄头下去，挖不了几寸深。挖了一个晚上，一块地只挖了一半。

从菜园子里回来，我浑身湿透了，人也非常疲劳，连脚都抬不起了。吃了饭，我脸也没洗，衣也没换，倒在床上就睡。

姐姐几次拉我起来洗脸，做作业，我眼睛都睁不开，不理她，她拿我没办法，只好自己一个人伏在桌子上学习。

第二天下雨了，土不能翻了。姐姐很着急，我反而高兴，因为，晚上我只能干一件事，要不就去翻土，要不就在家做作业。挖完土回来做作业，我做不到。土不翻大不了不吃菜，这作业不做，老师批评起来可不好受。我宁可不吃菜，也不愿去挨老师的批评。

我们一连吃了几天白米饭，家务事是少了些，无须到园子里去砍菜，不用洗菜，也不用炒菜，把几粒米煮熟了，盛起来就吃。但是，吃了好像没吃，一天到晚总是觉得肚子饿。

过去，每天煮饭时姐姐到米缸里去打米，缸里总是有米。今天米缸里没米了,刚好又是星期天,姐姐要我和她去打米。我跳到谷仓里才知道仓里没多少谷了。我们把谷全部扫起来也只几十斤。姐姐说:"看来,我们只能改吃粥了。吃粥可以少用一些米。"

粥也好吃,反正没菜,粥里放一点盐还特别的香。我挺爱吃。也不知是粥好吃,还是我的肚子越来越大,我现在一餐吃三四碗粥也吃不饱。姐姐就往粥里多放一些水,熬得像米汤一样稀。

一连半个月下来,丁继先说我瘦了,要我去看病。我自己也觉得没有一点劲,老想坐着,不想动,一动就心慌。

这天家里又来了几个讨账的。不知他们从哪儿听说,我舅舅给了我们很多钱。因此,他们要爸爸把欠他们的钱还给他们。

爸爸的犟脾气又上来了,任这些人讲什么,他就是不开口。他越是不开口,那些人越是认为我们有钱不还账,吵得越凶。

姐姐回来了,她默默地揭开锅盖,锅里一层铁锈,她让那几个人看。这些人看了还不知是什么意思。姐姐说:"我们已经二十多天没吃过菜了,天天只喝一点粥。不信你们看这口锅,多少天没沾油盐了。"几个讨账的这才走了。

米也快没有了，连粥也快喝不上了。姐姐非常着急，远远地看见村长来了，就故意走到他身边去，眼睛直勾勾地望着村长，希望他能告诉我们，我们的报告有回音了。

家里真的断炊了。连最后一点米也让姐姐昨天煮粥吃了。早上起来，姐姐端着盆子站在那里发呆。我出主意说："到丁继先去借一点？"

姐姐说："借了用什么还？"

我从姐姐手里抢过盆子，到丁继先家借米去。世上的人还真叫尿给憋死？现在借了，将来有米还他家就是。

丁继先的妈妈正在做饭，看见我，大惊小怪地说："赵胜阳，你没生病吧？怎么瘦成这样？是伙食不好，还是想妈妈？"说完心疼地在我头上摸了一下。

她这一摸不要紧，摸得我心里酸酸的，眼泪差一点流了出来。我忙忍住，不让它掉下来。我不知从哪儿听到这样一句话：男儿有泪不轻弹。再过几天就是我的生日了，我就要满十二岁了，大小也是个男子汉了，不能像个孩子一样动不动就哭鼻子。

丁继先的妈妈关心地问我："你拿个盆子干什么？该不是来借米吧？"还真让她给猜中了。

她马上就给我装，她一边装一边说："你们要上学，没时间去打米,让丁继先他爸爸帮你们去打吧,你们把谷装出来,放在家里,丁继先他爸一得空,我就让他去你们家挑谷。"

我不好意思地说:"不啦,不啦,不用麻烦他。"

丁继先的妈妈十分诚恳地再三要我把谷装好,我怕丁继先他爸等下跑空路,只好对她说实话:家里不但没有米,也没有谷。

丁继先的妈妈听了一怔,没有作声。正好丁继先他爸回来了,插口说:"这事村委会要管一管,等下我看见村长帮你们说一说。这段时间没米先到我家来拿,不要饿着。"

我把丁继先他爸的话告诉姐姐,我们一连几天都在望村长来。

家里什么吃的也没有了,老鼠到处找不到吃的,就咬我们的衣服、书包。晚上,它钻到我的书包里,把我的语文书咬得破破烂烂,没法用。王老师花了好多力气才把它补好。

村长终于来了,也给我们带来了好消息。村长说:"我们是社会主义国家,一家有困难,大家都会来帮助。村委会决定把你们家定为'五保户',每人每月发50斤稻谷,150块油盐钱。那几亩口粮田就收归村上,村上再承包给其他人去种。当然，这点钱粮是不够的，但村上也算尽了力了，希望你们能体谅村委会。"

村上能这样做，爸爸已经十分感动了，几次想说感谢的话，村长不让他说。

村长又说，稻谷从今年七月份起开始领，因为新粮要到七月份才进仓。钱什么时候给也没有说。

村长走后，爸爸说："只要村上月月能供给我们口粮，我们自己种菜，日子还能过下去。明天，我去试试挖菜土，看能不能行。只是，要到七月才供给口粮的话，还有三个月怎么办？小艾，明天你不上学，到你七姑家，把你七姑叫来。"

爸爸和七姑的关系比较好，他有事只找七姑。

爸爸和七姑怎么说的我们不知道，只知道第二天七姑父给我们家送来了一担米。爸爸对姐姐说，要盘算盘算，让这些米要吃到村上发给我们口粮的时候。

爸爸挖土种菜的事没有做成。他只有一只手，拿不稳锄头，又不看见，还差点掉到水沟里。于是，他只好放弃了这个打算，死了那份心。

要吃菜，还得靠我们姐弟。我们一没时间，二不会种。好在丁继先的爸爸热心，在他的指导下，我们星期天把土翻了，平整了。他说我们不用育菜秧子，他们自己家反正要育的，多育一点给我们。

那天，村长的媳妇抱来一窝鸡仔。她对姐姐说："你们家三个人，一个看不见，两个孩子，猪是没法喂的，你们没时间侍弄它。"

我心里说，不光没时间，而且没东西给它吃。我们人都没东西吃了。

她又说："你们就养一窝鸡吧，它们不用你们喂它，只要早上把它们放出去，晚上把它们赶回来。头几天劳一点神，以后，习惯了，天亮了它们会自己出去，天黑了自己进来。长大了，生了蛋就卖钱。以后买油啦盐啦就不愁没钱。也可以改善一下伙食嘛。"

姐姐说："养鸡好是好，就是我们现在没钱给你。"

村长媳妇打了一个大哈哈，说："我不会要你们钱的，要钱我送来干什么，你有钱不会到别的地方去买呀。这是我送给你们的。"

姐姐和我忙向她道了谢。

村长媳妇这个人真正实在，她送给我们的小鸡比买的还好。这些鸡不是才出蛋壳的小鸡，它们已经养了好多天了，长出硬毛来了。再养一段时间，就可以分得出公母了。

姐姐把它们放在地下,它们马上"叽叽喳喳"满屋子乱跑。给我们这个倒霉的家带来了生气。连爸爸也高兴地说:"这些鸡叫得好热闹啊,以后你们上学去了,我也有伴了。"

小鸡一天天长大,我的希望也一天天增大。我迫切盼望它们生蛋,有蛋吃,所以,我巴不得它们全是母鸡。谁知,小鸡长到能分公母时,一半是公鸡,只有六只是母鸡。我沮丧极了,满肚子不高兴。

张旭见我不高兴,安慰我说:"不要紧,小事一桩,我帮你解决。今天晚上你捉四只公的给我,我换四只母的给你。"

晚上,张旭不食言,真的用编织袋装来四只小母鸡,又从我家捉去了四只小公鸡。

第二天早上,我们家先放鸡。从张家捉来的四只小母鸡怕了我们家的这些小鸡。我们家的小鸡仗着自己兄弟姐妹多,欺侮那四只小母鸡,啄得那些小母鸡躲到一边,不敢走拢来。

不一会儿,张家也放鸡了,只见昨晚上捉到他们家去的那四只小公鸡,向后伸着翅膀,低着个头,口里"咯咯"

地欢叫着,箭一样地冲了过来,回到了我家的鸡群里。全不管我并不欢迎它们。那四只小母鸡也回到赵家的鸡群里去了。

傍晚,张旭说仍然换回去。

我估摸这是白费力气,就说:"算了算了,别看我家穷,我们家那四只小公鸡对我们倒是挺有感情的,一早就回来了。"

"我们家小母鸡也不愿待在你们家。"张旭见我一点也不领情,生气了。

丁继先来了,问清我们争什么之后说:"你们这一对傻瓜,连几只小鸡都对付不了。"

我们问他有什么好办法,他说:"那还不容易,把它们关在屋里喂,它就跑不回去了。"我和张旭都认为他讲得有道理。于是,我又用四只小公鸡换了张旭四只小母鸡。

第二天早上,我不把小鸡放出去了,我上学时,把小鸡关在家里。

中午回来,我刚一开门,小鸡从门缝里飞的飞,钻的钻,全跑走了。我一看,傻了眼,家里的灶上,桌子上,凳子上,连床上都是鸡屎。灶脚下的灰被小鸡扒得到处都是。

爸爸说："傻孩子，你把它们关在家里，又不喂食，它们当然造反。它也肚子饿呀。今天上午它们到处飞，我又不敢把它们放出去。怕放出去丢了。"

姐姐回来了，说："你呀，真傻。鸡如果关着喂，就要天天喂饲料。不喂饲料，光把它们关起来，它们怎么长大？明天把它们放出去，让它们自己去找吃的。公的多不要紧，只它们一开始打鸣，我就找人阉了它，让它长得肥肥的，一样能卖钱。"

我和张旭换鸡的事泡汤了。费了好多力气，只讨得让人说我们傻。

自从爸爸眼睛看不见后，丁继先、张旭他们老是说我这样好，没人管，自由，想干什么就干什么，没人干涉。他们说的倒也没错，可不知为什么，过去父母管我时，我总嫌他们啰唆、讨厌。现在没人管我，我倒认为有人管其实是一种幸福，丁继先他们是身在福中不知福。我觉得，我越来越像个大人了，比以前懂事多了。

当然我也有放任自己、管不住自己的时候。偶尔，我放学回家，书包一丢和丁继先他们几个玩到一块儿，什么事都忘了。只要丁继先在我面前添油加醋地说这部电视剧如何如何好看，我就会心里痒痒，不做作业，坐下来看电视的。

不过，这时姐姐就会出现，她用恨铁不成钢的语气对我说："你忘了妈妈临死对你说的话？忘了舅舅对你说过的话？你怎么能这样不争气，只知道玩？！"

姐姐的话让我羞愧，我责备自己只顾玩，一辈子长不大，老老实实跟姐姐回家去做作业。

有时我会想：姐姐管起我来像我的长辈，她的话比爸爸的话还管用，她让我学习，我就得回来。

经过几次后，我给自己定下了一条规矩：不做完作业不看电视。慢慢地就形成了习惯，当天的作业当天完成，决不拖到明天。作业没做完，随丁继先张旭他们怎样蛊惑我，我也不动心。我自鸣得意地想：我真的长大了，能管住自己了。有时我甚至认为丁继先他们太孩子气了，太任性了。

现在我也在乎考试成绩了。每次试卷发下来，如果我考得比上一次好，有进步，我会暗暗地高兴。如果考得不好，我会觉得对不起死去的妈妈，对不起爸爸，对不起辛苦的姐姐，对不起那些帮助过我们家的人。

我决心向姐姐学习，做个好学生。

姐姐天天学习到很晚，我做完了作业也不去睡，硬撑着坐在那儿看书，我就不相信，姐姐能干的事，我就干不成。她是人，我也是人，以前是我没下决心，现在我下了一百二十分决心了。

我们家吃粥已经吃了两个月了。我盼望着田里的禾快点长，快点抽穗，快点灌浆，快点黄。田里的禾收了，村上按月发给我们谷，我们就可以吃干饭了。我现在最大的愿望是能吃饱肚子，每餐桌上有一两个菜。假如能过上那样的日子，我保证一定考个好成绩。

禾已经灌浆了，慢慢地在勾下头来，只不过还没有黄透。田野里一片丰收在望的景象。只要禾一熟透，就可以开镰收割了。我站在田埂上，心里充满希望。

就在这时，家里的米缸又被姐姐扫得干干净净，姑父担来的米吃光了。我望着姐姐，姐姐望着我，两人无言以对。我知道姐姐想我出去借米，可我不敢去。我上次借了人家的米还没还呀。姐姐见我不动，也没有逼我。我从水缸里舀了一碗水喝了，就上学去。

第一节课，我还觉得肚子有点饿，第二节课时我反而不饿了。第三节课是语文课，刚上了一会儿，王老师正讲得有味，我肚子突然痛了起来，痛得我汗像雨水一样直淋，心里发慌，好像干了什么坏事让老师逮住了。我不知怎么了，吓得哭了起来。

王老师讲不下去了，走下讲台，来到我的身边，轻轻地问我："赵胜阳，你怎么啦？"

老师一问，我更觉得不舒服，哭得更厉害了。

我旁边的同学说："可能是肚子痛，我刚才看见他老按着肚子来着。"

丁继先插嘴说："老师，八成是没吃饭，饿成这样的。他家老是没米。"

老师听他这么一说，转过来问我："你吃了早饭吗？"

我把头埋在臂弯里，死也不开口，也不哭了。多丢人啊！同学们都看着我，知道我没吃饭，饿得肚子痛。

王老师让同学们做作业，自己去了食堂。过了一会儿，她把我带进教师食堂，盛了一大碗刚刚熟、还没干水的饭给我，又找出早上剩下的菜，要我坐下来吃了它。我不顾饭烫，狼吞虎咽，把这一大碗饭吃了。吃完饭，汗自然也不出了，心里也不慌了。这碗饭就那么顶用？

王老师说："我刚才和校长商量了一下，从明天起，你到学校来和我们老师一块儿吃中饭。反正伙食费老师们已经出了。"

我低下头不作声，我没脸去吃老师的。这个学期我没交一分钱学杂费,还吃老师的饭,像话吗?

王老师像看透了我的心,说:"没关系,谁能保证自己不遇到困难?你有困难,老师帮你是天经地义的事,不要不好意思。将来长大了,别人有困难,你也会帮别人,是吗?"

王老师的话说得我心里暖烘烘的。我又一次认为:世界上,除了父母,就是老师对我好。

天气渐渐热了起来,我们只穿一件单衣也感到热了。这正是晒谷的好天气。大概等我们考试完了,"双抢"就开始了。

考试也快了,只差几天了。这次考试是小学毕业考试,老师说是我们小学六年来学习的总结。我正加紧复习,特别是四年级学的分数,当时学得不太认真,现在要趁老师重新讲的机会把它彻底弄懂。我这次一定要考好,我有这个信心。

就在人们摩拳擦掌准备"双抢"的时候,天突然变脸,狂风夹着暴雨扑向炎热的大地。开始,大家并不在意,一边做准备,一边等天晴。这一等就是几天,几天几夜雨没有间歇过。

一连几天暴雨,使小溪渠道全涨水,公路旁边的陡壁经不住雨水冲刷，有的地方塌方，阻碍交通，情况十分危急，干部们火烧眉毛，组织劳动力沿公路排险。

吃了早饭，雨太大了，我要去上学没有伞，一把破伞姐姐打走了。她比我远多了。我抬头看了看天，想等雨停了再去上学。天上乌云拥挤着，奔跑着，厚厚的云层并没有因为下了这么多天的雨而单薄一点。老天一副愁眉怒颜，雨一点也没有要停的意思。

我找不到一件可以挡雨的东西，只好拿了一只塑料盆子罩在头上，冒雨去学校上课。

快到学校了，王老师远远地看见了，忙打把伞来接我。我不肯和老师走在一块儿，因为我的衣服已经湿透了，会弄湿老师的衣服。等我走到教室里，丁继先接过我的塑料盆时，我全身只有头发是干的，水顺着上衣、裤子往下流。六月天，我却感到彻骨的冷，直发抖。王老师找来一套干衣服给我，我刚换上，上课铃就响了。

这一整天，我都不停地打喷嚏。我估计我这一辈子加起来也没打过这么多的喷嚏。我一打喷嚏，总有同学回头来看我，老师没有怪我扰乱了课堂纪律，反而说："不要紧，打喷嚏散寒，打了喷嚏就不会感冒。"

可是老师的话不灵，我还是感冒了。晚上，我发烧，头痛欲裂。我真弄不明白，平时我也淋过雨，还偷偷和丁继先去水库洗过冷水澡，在里面一泡就是半个钟头，从没有得过感冒。这回天又不冷，只淋了一会儿雨，就病倒了，真是爸爸说的：人一背时，盐都生蛆。我们家现在走背时运，什么事都不顺。我没吃饭，也做不了作业，躺在床上直哼哼。

姐姐急得骂我蠢，像妈妈一样唠叨开了："刚吃了热粥，出一身汗，就往雨里跑，怎么不得病。你不会等一等，等雨停了再去上学？"

她也不想一想，今天下了一天的雨，难道我在家等一天？我不和她顶嘴，我知道，她是爱我的，是为我好。

我迷迷糊糊睡着了，也不知是什么时候，醒了却睁不开眼睛，想说话却出不了声。听到翻书的声音，知道姐姐坐在我身边学习。我口渴，想喝水，用尽全身力气也只喊出了："水，水。"一股温热清新的水流进了我的喉咙，流进了我火辣辣的心田，我舒服多了，深深地喘了一口气，睁开眼睛。

灯光从姐姐的背后射过来，姐姐正在给我喂水，我看不清她的脸。她自言自语地说："外面的风好大啊。"

过了一会儿，她又担心地问："爸爸，这房子不会倒吧？"

我也听见了，一阵大风吹来，屋架发出"嚓嚓嚓"的响声，像是人受不了挤压发出的痛苦呻吟。

"不会的，不会的。这房子年载虽久，但木头大，还是非常牢固的。"爸爸宽我们的心，壮我们的胆，肯定地说。

姐姐不担心房子了，又担心我，问我："赵胜阳，你不要紧吧，要不要今晚去请医生？"

我强打精神说："你瞧，我又好了，明天可以去上学了。"

正说着，一股大风突然把房门吹开了，吹得地上的灰尘飞扬，一些小东西乱跑。姐姐费了九牛二虎之力才把门关上。我望见姐姐用瘦弱的肩膀去顶门那吃力的样子，心里有说不出的滋味。她只比我大两岁啊。妈妈死后，爸爸看不见了，家里的大小事情要靠她，要她操心，连我的学习也要她操心，这是多么不容易啊。我病好了，一定要好好学习，别让她着急。

"小艾，睡吧，明天还要上学。"爸爸说，爸爸现在变得通情达理了。

"好，我还有一点点没做完，做完了就睡。"姐姐答应着。

我头痛，又迷迷糊糊睡着了。

突然，我被姐姐的惊叫声吵醒。同时听到屋顶上"哗啦哗啦"瓦往下滑的响声，不时还有瓦片掉下来的声音。我感觉姐姐一双冰冷的手抓住我，把我往床下拖。

我挣扎着爬了起来，站到地上，还没站稳，就被姐姐拖出了门。门外，狂风暴雨仍肆虐着大地，黑暗里分不清东西南北，雨点落在我刚从被窝里出来的身上，我不但冷而且痛。我还没弄清是怎么回事，只听姐姐说："房子，房子，瓦，瓦。"

我拼命睁大被雨水遮挡住的眼睛，模模糊糊看见我家的房子像电视里的慢镜头一样，在风雨中缓缓地向一边倾斜。后来倾斜的速度加快，终于，"轰隆隆"，"哗啦啦"，在一阵闷响之后，坍塌了。这一切发生在几分钟的时间里。

"爸爸！"姐姐撕心裂肺地尖叫一声，不顾一切地向倒塌了的房子扑过去。回答她的只有风声雨声。

我这时虽也清醒过来了，但四肢无力，头发昏。我坚持着走了过去，学姐姐的样，用手去搬破瓦烂木头，想把爸爸挖出来。

房子的倒塌声、姐姐的尖叫声惊醒了四邻，不一会儿，家家的灯光亮了，人也起来了。村干部也来了，马上把爸爸从废墟中挖了出来。爸爸不知是死是活，我们不停地叫他，他不作声，吓得我和姐姐大哭起来。

村长做主，让人把爸爸抬到丁继先家的楼下房子里。

天渐渐地亮了，风也停了，只有雨还在下。细雨中，我家的房子像条死狗一样趴在地上。我望着那一堆烂木头烂瓦，心里一阵恐慌，以后我们住到哪里去呀？

这时陈医生来了，他说爸爸还有呼吸，有伤没有伤，伤在哪儿可没法搞清，要等爸爸清醒过来才能知道。爸爸什么时候清醒，他也说不好。

我和姐姐这才停止了哭，爸爸没死，我们家到底还有个大人。

陈医生也附带给我看了病，给了我一些药。

爸爸没死，丁继先妈妈忙着找丁继先的旧衣给我换。

村长交代丁继先的爸爸，让我们一家三口暂时住在他们家楼下，饭也在他们家吃，伙食费由村上负责。

丁继先挺高兴的，和我说："我们成一家了。"

他真不懂事，他不明白这对于我们来说可不是好事，连家都没有了，有什么好高兴的。不过，他不是幸灾乐祸的人。

吃过早饭，丁继先上学去，问我去不去。本来，我病还没好，现在又淋了雨，吹了风，病更重了。头痛、心口发闷，直想闭上眼睛睡觉。但我想：真正考验我的时候到了，今天老师复习分数，我一定得去上课。

丁继先见我也去上课，怕我头晕，要扶我。我推开他，逞强地说："我能行。"

我要走了，想起姐姐也要上学呀，我们都走了，爸爸怎么办？爸爸醒来要茶要水谁给他去弄？

姐姐见我要走不走，知道我的意思，说："你去上学吧，爸爸有我呢。我今天不去上学，在家等爸爸醒来。"

上完两节课，同学们都知道我家的房子倒了。丁继先的这张嘴就是个喇叭，经他一广播，还有谁不知道？大家非常同情我，都想安慰我，又不知道说什么好。不少同学站在我的课桌前，望着我笑。有人没话找话对我说："赵胜阳，你的字写得真好。"

我的字写得好什么呀，全班属我的字最不好认。他们这是想让我高兴。

中午放学回到丁继先家，我爸爸还睡在他家饭堂的竹床上没有醒。姐姐坐在他身边干着急。

姐姐告诉我，村里不少人今天上午来看望爸爸，见我们家的东西全埋在废墟里了，眼下什么也没有，连煮饭的锅灶都没有，他们送来了不少他们自己现在用不着的东西，都堆在地坪里了,也没有人去收拾。人家送了东西来,并没有让姐姐高兴起来,她忧虑地说:"我们把这些东西放到哪里去?我们今后住在哪儿?总不能长期住在丁继先家。会讨人嫌的。"

下午放学,我已经没有一点劲了,但老师还要留下我,给我补这两天的课。

晚上,姐姐没有睡,守着爸爸。我要顶替她,让她去睡一会儿,她不肯,她说我明天还要上学,不能耽误瞌睡。

第二天,老天终于放晴了。人们马上要抢收抢插了。村长在百忙中没有忘记给我们安排住处。他吩咐把过去集体养牛的牛栏房借给我们家。他说,只要村上条件许可,公益金多一点,就想办法给我们盖房子。他一副心有余而力不足的神态。

有人说,这房子如果买了保险的话,现在倒塌了,保险公司就要负责理赔。

唉,我这个没文化的爸爸,每天只操心今天锅里有没有米煮,还会想到买保险?

我和姐姐去看了看牛栏房。房子离我们家不远,比我们自己的房子要小,而且只有一间,不过很结实,四周的墙壁干干净净。只是地上脏,污泥起码有几寸厚,要把它刨干净才能住人。

我和姐姐都很满意，哪怕它再小再脏，毕竟能住人，让我们从丁继先家搬出来，有个自己的窝。

现在，我们只盼爸爸早点醒过来，好让姐姐去上学。可是爸爸一直没有醒过来。你喂他水，他就喝水，你喂他稀饭，他就吃稀饭。不知饥饱，不知冷暖，屎尿全拉在竹床上。

陈医生来看了几次，说：你爸爸到现在还没清醒过来，只怕不会清醒了，成了植物人。这次陈医生没有要我们送爸爸到县医院去，他也知道我们没钱，我们没有参加合作医疗。

姐姐悄悄告诉我，因为爸爸屎尿全拉在竹床上，实在太不卫生了，弄得丁家臭熏熏的。丁继先的妈妈已经有点不高兴了，我们得赶快搬到牛栏房里去。明天起，她开始打扫牛栏房。

我忍不住说："姐姐，明天你还是去上学吧，你不是最怕缺课吗？这次又缺了几天了？搬房子的事找找村长，让他帮帮我们吧。"

姐姐说："这两年，我们家一出事就找村上，村长为我们家出过不少力。妈妈病了找他借钱，爸爸受伤是他送到医院去的。承包鱼塘找他，贷款找他，房子倒了也找他，我们再不能麻烦他了。"

想想姐姐说得一点也没错，我也不开口了，听她继续说："再说，村子里本来劳动力就不多，这两年出外打工的人多起来了，留在家里的劳动力都不得空。一部分人排险没有回来，一部分人准备'双抢'。人家愿意帮你都找不出时间。爸爸如果真的成了植物人，他身边离不开人。除了我，谁来守在他身边呢？这两天，我前思后想，家里这种情况，我是没法上学了。你就安心读书吧，你就代替姐姐读吧，希望寄托在你的身上了。"

姐姐的话有一种悲壮的味道。我知道姐姐不愿意辍学，但她不辍学，谁又能想出更好的办法呢。我为自己不能替她分忧而内疚、惭愧。我问她："你真的不上学啦？"

"暂时是没法上了，等爸爸醒了再说。"看来，她并没有完全放弃自己的理想。我在心里呼唤：爸爸，为了姐姐，你快点醒来吧！

现在姐姐天天在家里忙个不停，把牛栏房里的牛粪挑出来，铺上干净黄土。把床铺桌子从倒了的房子下挖出来，洗干净，搬到牛栏屋里去。那些平常用的东西要洗要晒。事情多得数不清，忙得她蓬头垢面，来来回回小跑。

路边经过的大人都伸出拇指夸奖她:"这个孩子真懂事,小小年纪撑起了这个家。"

小学毕业考试,我的成绩出乎大家的意料,特别好。总分是全乡的第三名。王老师说我后段学习刻苦,下了功夫,一分汗水一分收获。

只有我心里明白,我和别人不同。别人是在爸爸妈妈的呵护下学习,我没有了妈妈,爸爸又残疾了,我的将来只能靠自己。我上学不是为了好玩,是为了学本领,不然长大了凭什么生活?我只有这一条出路。

姐姐也抽空参加了期末考试,成绩虽然不理想,但能保住学籍。

我们一考完,马上就搬到牛栏房里去住了。牛栏房的墙上醒目地挂着姐姐和我的书包。

那天晚上,姐姐说:"下个学期,白天我不能去上学,只能求老师晚上给我补课。晚上你回来了,辛苦你守在爸爸身边。我实在不能离开学校,我要读书,决不辍学。"

她摘下书包,抱在怀里,无限祈盼地说:"哪天我能背上书包再去上学,那多幸福啊!"

我上去抱住她,说:"姐姐,我全力支持你,晚上你就放心去补课吧,加油!"

重燃希望

田里的稻子终于收上来了,村上有了公益粮,开始每个月发给我们家一百五十斤稻子。当丁继先的爸爸帮我们把这个月的稻子打成米挑到我们家时,我伏在箩筐上,双手捧起像珍珠一样晶莹的米,心里非常快乐,从此,我们可以顿顿吃干饭了,不再天天喝粥了,那稀得照见人的粥真让我喝够了。今天中午,我就要姐姐煮上一大锅干饭,用大碗装,让我吃个饱。

姐姐也很高兴,伏在爸爸耳朵边,告诉他说:"爸爸,我们现在有米了。"

可惜爸爸像根木头,闭着眼睛不回答。

不久,我收到了乡中学的录取通知书,从这天起,我是中学生了。当然,丁继先和张旭他们升入初中了,他们都不把它当回事。

可我和他们不同，我特别激动，整天老是想我是中学生这件事，我暗暗下决心，到了中学，一定努力学习，门门功课都是优，也要得一等奖。不然的话，对不起白天不能上学的姐姐。别人会说，让一个成绩好的在家做事，让一个成绩不好的去上学。

从收到录取通知书的那天开始，我天天到田里捉鳝鱼。也许是因为捉的人多，也许是雨下得多，也许是因为田里喷了农药，鳝鱼特别少，有时一个上午只能捉到一两条。一个月下来，我只挣了几十块钱，离两百块钱学杂费还差一大截。

开学的第一天，我没有足够的学杂费，底气不足，不敢去上学。在丁继先他们的鼓励下，我还是跟着他们一块儿去了。大家先去报到，再去交学杂费，他们交学杂费时，我在一边待着。

第一节课，班主任老师先作了自我介绍："我姓杨，叫宇航，还只教了六年书，送走了两届毕业生。你们这个班，是我的第三批学生。今后三年，我担任你们的班主任，我们将天天生活在一起。希望大家喜欢我，尊重我，积极和我配合，三年后，个个成为合格产品。"

中学老师确实与小学老师不同，说起话来既风趣，又有分寸。而且，老师特别地尊重我们，把我们当朋友，和我们的关系也是平等的。从杨老师的话里，我感到不单是自己长大了，周围的人也都把我们当大人看待了。

我正在细细品味老师的话，突然，杨老师说："谁是赵胜阳同学？请站起来。"

我半天没有回过神来，丁继先在桌子底下用手捅我："叫你站起来，你站起来呀。"

我一头雾水，我没犯什么错误呀，干吗？我慢慢地站了起来，全班同学的目光全集中在我身上。我浑身发热，想坐下来，但我没有这样做，我想知道老师让我站起来做什么。

"你就是赵胜阳同学？在小学毕业考试阅卷时，我就知道有个赵胜阳，不但数学成绩好，而且作文写得非常好。那篇《我的妈妈》让好多老师流下了眼泪。"杨老师介绍说。

他说的那篇作文，是小学毕业考试时的作文。杨老师继续说："更难得的是，他们家特别困难。但是，他们没有被困难吓倒，始终对生活充满信心，和困难作不屈不挠的斗争。他姐姐曾经得过乡里的一等奖，也是个优秀学生。"

原来老师是表扬我，也是让同学们认识我。我不好意思，坐了下来，伏在桌子上，不知要怎样做。

下课了，杨老师让我和他到办公室去。在办公室，他说："赵胜阳，学校知道你家的困难，为了让你安心学习，决定免去你的学杂费。我写个条子给你，你可以去会计那儿领一张免费通知书，然后去领书。"他又从抽屉里拿出几个本子，说："这些本子你先用着，用完了，再上我这儿来拿。老师没有别的能力，只能做供应学习用品这样的小事。以后，有什么困难，无论是学习上的，还是生活上的，都可以来找我，我们会尽力帮助你。"

一股暖流从我心头升起，慢慢浸润我的全身，我不禁流下眼泪。我想说几句感谢的话。但不知说什么，怎么说，站在那儿一个劲地点头，表示我听懂了他的话。

放学时，我的手触到了口袋里的那几十块钱。我突然想到了郑珺，假如他在我的身边，我会把这些钱给他作学杂费，让他和我一块儿上学。可惜现在已经开学了，没时间去找他。

我后悔没有早一点去找他。可是，今天之前，我还不知道学校会减免我的学杂费，还在为自己的学杂费操心。

到中学后，一切都是这样顺利，我非常愉快。常常一边走路一边唱。

只不过，姐姐的计划没法实现。她原来打算白天不去上学，晚上去学校请老师给她补课。谁知这个计划不现实。一来老师事多，哪能天天晚上为你一个人补课；二来，家里事多，一刻都离不开她；三来，晚上我的功课很多，不能替换她去照顾爸爸。

姐姐无可奈何地接受了现实，停学在家。她心里一定非常难过。晚上，我常常看见她捧着书坐在那里望着书包发呆。她在想什么呢？问她她也不说。我猜想她是在为自己不能去上学伤心。

一天，我在学校门口看到了郑琨。他随妈妈住到了继父家。继父自己有两个孩子，一儿一女。对郑琨无所谓好不好，反正不管他。暑假，郑琨也收到了中学的录取通知书，但没有学杂费，不敢来上学。我告诉他，学校减免了我的学杂费，让他也去问一问是不是也能减免学杂费。

他说他去问过了，这些减免了学杂费的学生，都是毕业统考前十名的。他的成绩不好，学杂费不能得到减免。

我那几十块钱早就被姐姐拿去买油盐肥皂了，不然就可以给郑琨。

放学了，郑琨还坐在学校门外的草地上。我们又谈了一会儿话，他才恋恋不舍离去。他忧郁的神情让我印象特别深。我真替他担心，他不上学将来怎么办？社会在飞速发展，我们长大时，没有文化会成为社会的累赘，打工都会没人要。看着他离去的背影，我若有所失。

有一天数学小考，我得了第二名，比第一名只少0.5分。要是我不粗心，就是第一名。这是我进中学的第一次考试，可以说是旗开得胜。我回到家，马上兴高采烈地把试卷拿出来给姐姐看，让姐姐也分享我的快乐。

我认为我取得了好成绩就是对姐姐的最好回报。过去，我有一点点进步都让姐姐笑得合不拢嘴。没想到这次我把卷子伸到姐姐眼前，姐姐只瞥了一眼，就转过头去干她的活了，甚至连问都没问一句，不像以前一样，为我得了好成绩而喜形于色。刹那间，我像一只打足了气的皮球，突然被针钻了个洞，一下就泄了气，变得懒洋洋的了。

我想也难怪，成绩好的姐姐现在不能上学，只能天天在家做家务，伺候没有一点感觉的爸爸，怎么让她不烦。当我得了好成绩时，她一定又想到了自己，伤心极了，哪里还会高兴。我这不是让姐姐高兴，是刺激姐姐。我马上把试卷折好放进书包，像做错了什么事一样低下头，不敢看姐姐。

从此，我多了一个心眼，凡是学校的事，不跟姐姐说，免得引起她伤心。

不注意不知道，稍一留心，我发现姐姐变了，变得怪怪的。她不像从前一样对什么都充满信心，干什么都劲头十足。她变得多疑、嫉妒。

那天，丁继先的妹妹穿了一条新裙子到我们家来了。那条新裙子确实漂亮，像小人书《白雪公主和七个小矮人》里的白雪公主穿的一样。上衣和裙子全是白色的，胸前还镶上了一个特别鲜艳的蝴蝶结，白色的衬裙上面再罩一条透明的纱裙尤其显得高贵。讲老实话，我第一次见到这样漂亮的衣服。听说这条裙子是丁继先的姑姑送给他妹妹的。

姐姐当着这些人的面没说什么，但丁继先他们一走，她就大发雷霆："臭美！要显阔，你可以到别的地方去，干吗到我家来？看我家穷是不是？再说，这裙子有什么好看？穿出来像个妖精！"

我真不理解，姐姐这是发哪门子火？衣服穿在人家身上，关你啥事，又不影响你什么，你生什么气？

她的性格变了，她从不到别人家去，除了干活，从不出门。她不能看见别人家有喜事，有高兴事。别人家有喜事，她就在家生闷气，好像别人侵占了她的利益一样。有时,在家门口碰到熟人,她也不打招呼,低着个头,像犯了错误的小学生见了老师一样。

左邻右舍的大人都说她变了,变得难相处了。

丁继先妈妈告诉我,那天做午饭时,她偶尔发现我家没动静,担心又是没米下锅了,抽空装了几斤米送了过来。谁知我姐姐一脸的冰霜,不但不领情,反而拒人千里之外,说自己家有米,再也不肯多说一句话,弄得丁继先妈妈十分尴尬。

于是,邻居们不是有非要上门的事不到我家来。我家牛栏房的前面草长得齐腰,一派荒凉的样子。白天我上学去了,只有姐姐一个人承受这种寂寞,我体会不深,可晚上静得可怕,让我心惊肉跳。

姐姐只愿意和我说话,我一回来她就开始唠叨,又是没油啦,又是没菜啦,又是没肥皂啦。讲实话,这些事确实难为了她,她不说,我也理解,同情她,感谢她。但她这样一吵,我反而对她产生了反感,觉得她讨厌。我害怕回家。于是,每天放了学,我还要在学校待上一阵,在教室里做作业。教室里安静。有时,杨老师还来陪陪我,辅导我,和我拉家常。

从杨老师的谈话中,我知道他是学校团总支书记。

一次，天黑了，我还没回家。杨老师说："你怎么还没回家？你家里那么多家务事谁做？"

我告诉杨老师，家务事基本上是姐姐做，因此姐姐辍学了。

杨老师表示很可惜，说："你姐姐赵小艾是个优秀的学生，我们学校老师都知道她，可惜了一棵好苗子。听说她不但学习好，品质好，脾气也特别好。"

"脾气好什么呀？天天在家发脾气，不然我才不会这么晚了还不回家，躲在这儿做作业。"我满腹牢骚。

"你要理解你姐姐，你想想，一个求知欲很强、有远大理想的好学生，辍学，离开课堂，离开学校，她的心里是什么滋味？"杨老师倒是理解她。

"有的老师说，她不能上学不是学杂费问题。学校早就同意全免她的学杂费，是你爸爸没人护理。你爸爸除了眼睛看不见之外，还有什么毛病？"

我把爸爸自从被倒塌的房子压伤后就一直没有醒过来的事告诉杨老师。杨老师无限同情地说："十四五岁的孩子，要她肩负这样沉重的家庭担子，怎能不把她压垮！"停了一会儿他又说："那次在校务会上，我们还讨论了如何帮助她的问题，还准备把她列为希望工程的救助对象，上报县团委。看来只要你爸爸生活能够自理,她就能够来上学。"

"我爸爸生活怎么自理?除非他醒过来。"我自言自语。

"对呀,就是要想办法让他醒过来。"杨老师说,"我姐姐是医生,我打电话问问她,看是不是有什么办法。"杨老师真是个热心肠的人。

第二天,杨老师告诉我,他姐姐说,这样的病人,医学上暂时没有办法。不过,也曾经有奇迹发生。听说有个人一天到晚和没有知觉的亲人说话,后来这人真的醒了。有的人坚持天天给植物人按摩,也有疗效。

我回家把杨老师说的告诉姐姐。说她已经是希望工程的救助对象,老师、学校都在为她想办法,又说杨老师要她天天坚持和爸爸说话,坚持给爸爸按摩,让爸爸早日醒来。

姐姐静静地听我把话说完,喃喃地说"我以为大家早把我忘了",情绪明显好了起来。那天晚上我起来方便,看见姐姐还在看书。大家的关心,又点燃了她的希望,我也为她高兴。

这以后,姐姐只要得空,就和爸爸说话,帮爸爸按摩。她哪里懂按摩,无非就是给爸爸捏捏胳膊、捶捶腿。

我在心里憋着一股子劲,一定要考好。因为,其他方面我没法和人比。别人比我穿得好，班上住得远一点的同学都有自行车，有的还是电动的。只有我没有，天天上学靠两只脚走，耽误好多时间。老师让我们多订一些课外读物和资料，有的同学一订就是几种，我一种都订不起。我什么也没有，什么也不能和别人比。我唯一不比别人差的是我的智商，这个方面我和所有人平等。我要利用我的智商，再加上刻苦努力，取得别人没有的好成绩。那样，我也能拥有一项别人没有的东西，有资格和其他同学站在同一条水平上，才不会自卑。

我整天埋头学习，不关心身外事，和同学们交往也很少，时间在不知不觉中过得很快，很快就要期中考试了。

一天，杨老师把我从课堂上叫了出来，说县团委来了人，调查我家的情况，让我带他们回家去。

这个县团委干部是个女的，非常年轻，老实说不像干部，像大学生。她的态度非常和蔼，几乎有点讨好我。一路上问了我好多问题，我却有点不耐烦，因为，给她带路耽误了我学习的时间。而她到我家去，能派个人来代替姐姐护理爸爸吗？不能。我回家把她交给姐姐，马上扭头就跑，我得去上课。

金秋十月喜事多。

第一件事是省报上刊登了关于我们家的事,文章《谁来关心她》引起关注。

杨老师给我拿来了这篇文章。我躲在学校食堂后面的空地上,仔仔细细地读了这篇文章。文章对我们家过去的事说得很少,主要是说我们目前的困难。而且重点是说我姐姐,说她是个品学兼优的好学生,正是学习的大好时期,可是因为天灾人祸,不得不辍学在家。文章尖锐地指出:"她和她的同龄人一样,也有学习的权利。"文章最后说,我们现在实行的是九年制义务教育,有责任让她回到课堂上去,有义务帮她解决困难。

文章的署名是"铮言"。我问杨老师这铮言是谁。

杨老师说不知道,不过他猜想是那天上我们家去的女团委干部。

真是人不可貌相,这个不起眼的年轻女干部,能写出这样好的文章。我后悔那天对她的问话要答不理,怠慢了她。

杨老师说,这篇文章一定能引起社会对我们家的关注,让我姐姐重新回到学校读书。

我不相信一篇文章有那么大的作用,不过宁可信其有,不可信其无。我希望杨老师说得对。

第二天放学回家,姐姐说乡长到了我们家,乡长和村长协商了两件事:一是乡上出材料,村上出人工,帮我家盖三间住房和一间厨房,不能让我们继续住牛栏房;二是让乡医院的医生来给爸爸看病,药费暂时记在账上,以后乡政府来处理。

下午,陈医生就来了,他给爸爸做了针灸,按摩,又教姐姐平时怎样给爸爸按摩,并说以后每天来一趟。

第三天,县团委书记到我家来了,她亲手交给姐姐一千块钱,让她存到信用社,留着以后应急。说这是几个团委干部捐给她的。

教育局局长也来了,让我姐姐马上到学校去上学,说学杂费问题由他来处理。我姐姐告诉他学校已经免去了她的学杂费。

我的几个姑姑也来了,她们商量之后,商定把爸爸接到七姑家去,大家轮流护理他。这样,姐姐解放了,可以去上学了。

姐姐深深地对几个姑姑鞠了一躬。

七姑接走爸爸的第二天,姐姐就迫不及待地去上学了。她今年读初三,只有几个月就要参加中考了。姐姐悄悄和我说:"我一定要考上高中,以后考上大学。"姐姐说话的神气和以前一模一样，我站在那里看着她，为她高兴。

不久，我家老住宅的地基上盖起了三间红砖平房。房子周周正正，墙壁粉得雪白，装上了电灯，打了沼气池。村长说，让它晾干几天，就可以住进去了。

竣工那天，我放了学就去看新房子。丁继先和张旭跟在我后面一块儿去。

一个星期天，杨老师带领一些同学帮我们搬家。我挺不好意思的，我家太穷了，没几件家具，都是村里人送的。我和姐姐自己也能搬得动。

我们班的同学用班费送给我家一面挂在墙上的电子钟，以后我们能掌握时间了。杨老师和同学们搬完家就走了，没在我们家吃饭。他们说不给我添麻烦，其实是怕我和姐姐为难。从他们进来那一刻起，我就着急，我家什么也没有，用什么招待他们？就是有吃的，我们家餐具也不够，连筷子也只有三双。他们说要走，我没有留，我不会做假样子。

从此，我们过上了安定的生活。村上给了我们安排了粮食，够吃，买油盐的钱也有，学校已经给我们免了学杂费，上学不要钱。

没想到的是从此我们家热闹了，邮递员天天上我们家送信送汇款单。

信里写的大多是鼓励安慰的话，也不乏出主意的人。有人主张把爸爸送到福利院去，那样姐姐就可以去上学，可是信上没说爸爸住福利院的费用谁出；有人愿意收养姐姐供她上学，可他们又没说爸爸谁来护理，姐姐不会丢下爸爸不管的。这些人的方案虽然并不管用，但是那些鼓励的言语给了我们精神力量。

汇款大多是学生寄来的，多的三五十元，少的五元十元。我们知道，他们是从自己的零花钱中省下来的。姐姐把这些人的钱全收起来，说要交给县团委，因为，我们家的困难已经解决了，这些钱可去帮助其他困难学生。

姐姐脾气好了，邻居们又主动上门来了，有时还教姐姐做一些家务，比如做泡菜，腌干菜，帮助姐姐做一些姐姐干不了的活，比如补衣服，补袜子。

最大的喜事是那天傍晚七姑来了，她说爸爸终于醒过来了。七姑在睡梦中听到有人在轻哼。朦朦胧胧的七姑没当回事。再过一些时候，七姑起床了，她又听到了呻吟声。姑姑心里一动，赶忙趴到爸爸的枕头边去看他，爸爸的嘴唇一张一合像是在说话，只是没有声音。姑姑捂着快跳出来的心，像怕吓着他似的轻轻问："你醒了？"

爸爸动了动嘴唇，仍然没有发出声音，睁了睁没有眼珠的眼睛，眼泪往下流。

姑姑欣喜若狂，大声呼喊："大家快来看呀，你舅舅醒了，你舅舅醒了！"

当我们听到爸爸醒了的消息时，姐姐放声大哭，哭得那样伤心、痛快。

突然，我闻到了焦糊气味，大喊："不好，姐姐，你是不是在炒菜？"

姐姐一下子弹了起来，马上到厨房里去看，还好，没有发生火灾，只是把锅里的菜烧焦了。

一个温暖的冬日，爸爸在床上躺了近半年之后，第一次站了起来。虽然他还是什么也不看见，但不用人喂茶喂水，接屎接尿了。爸爸一站起来就宣布他要回家。

那天晚上，姐姐和我商量，她第二天就把爸爸接回来。

我跟姐姐说："你想好了没有，爸爸一回来，家务事就更多了，他不能帮我们的忙，只会增加麻烦。"

姐姐说："赡养父亲是我们做子女的责任，姑姑家里事也多，我们不能把自己的责任推给姑姑。再说，我们有了新家，也要让爸爸回来高兴高兴。"

爸爸回来了，我们一家团圆了。

爸爸回来后和我们说的第一件事就是："你们仍然去上学，我自己的事，我尽量自己做，不占用你们的时间。"

我们的爸爸终于知道学习重要了，尤其支持姐姐学习。

杨老师帮我们写了封感谢信，登在报纸上，感谢社会各界对我们姐弟的帮助，也告诉他们，我们家的困难已经缓解了，好心人不用再往我家寄钱了。

姐姐经常说："赵胜阳，你可要认真学习，不然，真的对不起这些帮助我们的人。"

我暗笑姐姐还用老眼光看我，我早就不是从前的我，我现在是学校的德育示范生，相片挂在学校进门的宣传窗里面。我不告诉她，她明天去上学，进校门就会看见，那时她一定对我刮目相看。

我求姐姐帮帮郑琨，替郑琨交学杂费。

姐姐说："你还不知道，学校已经免了郑琨的学杂费。他早就上学了。因为，我们实行的是义务教育，不允许没读完初中的学生辍学。老师几次上他家的门，把他劝回来了。"

姐姐还说：那天在课堂上，老师告诉大家，政府非常关注贫困学生的读书问题，正在制定办法，要免去初中生和小学生的学杂费，有的地方已经实行了。

我心里一热，对党和政府充满了感激，想到那些比我更困难的学生都能上学,真好。我们只管上学,不管学杂费,那多轻松,多惬意,我高兴得简直要飞起来了。

早上起来,一轮红日从东方冉冉升起,照得大地一片光明。姐姐背上书包,和我一块儿去上学。我们放眼望去,阳光、蓝天、白云、红屋、绿草,世界多美丽啊!

新的一天开始了。